जमनिया का बाबा

जमनिया का बाबा

(आंचलिक उपन्यास)

नागार्जुन

वाणी प्रकाशन

प्रकाशन के उत्कृष्टतम 63 वर्ष

सजिल्द पहला संस्करण : 1989
सजिल्द दूसरा संस्करण : 1991
सजिल्द तीसरा संस्करण : 2020
सजिल्द चौथा संस्करण : 2026

vaniprakashan.com

वाणी प्रकाशन

4695, 21-ए, दरियागंज, नयी दिल्ली-110 002

फ़ोन : + 91 11 23273167, 23275710

शाखाएँ

अशोक राजपथ, पटना-800 004, बिहार

कॉफ़ी हाउस कैम्पस, महात्मा गांधी मार्ग, प्रयागराज-211 001, उत्तर प्रदेश

महात्मा गांधी अन्तरराष्ट्रीय हिन्दी विश्वविद्यालय, वर्धा-442 001, महाराष्ट्र

sales@vaniprakashan.in
vaniprakashan@gmail.com

Jamaniya Ka Baba
by Nagarjun

ISBN : 978-81-7055-166-9
Novel

मूल्य : ₹ 225

जी.एस. ऑफ़सेट, दिल्ली-110 095 में मुद्रित

वाणी प्रकाशन का लोगो मक़बूल फ़िदा हुसैन की कूची से

सिद्ध-साधुओं की बात नहीं,
पर
'बाबा' कहलाने वाले लोगों
की
जिन्दगी के ऊपर से पर्दा
उठाकर देखिए,
आप आश्चर्य से
ठक रह जायेंगे—

जमनिया का बाबा

बाबा

चार-पाँच रोज बाद बड़ी मुश्किलों से आज कौड़ी-भर चरस मिली। बड़े जमादार की मेहरबानी हुई तो मिजाज बनाने का मौका मिला।

मैं लेटे-लेटे सोच रहा हूँ। मुझे मस्तराम ने बतलाया कि आगे से इतनी चरस रोज मिला करेगी। भला हो बड़े जमादार का जिसके दिल में साधू-बैरागी के लिए श्रद्धा-भक्ति उमगी है।

मोटा कम्बल दोहरा बिछा है। बाहर से बिजली की रोशनी आ रही है। मेरे दोनों पैर प्रकाश में हैं। घुटनों से ऊपर अँधेरा है। बायीं बाँह पर आधे सिर का बोझा डालकर मैं लेटा पड़ा हूँ।

छोटे-छोटे बाल बाँह की चमड़ी में बुरी तरह गड़ रहे हैं, लम्बी जटाओं की याद दिला रहे हैं। अब उन जटाओं का कोई निशान बाकी नहीं है। लेकिन, दिल पर उनकी खुमारी अब भी है।

हाजत में बन्द करने के बाद पहला काम जेलवालों ने यही किया कि मेरी लम्बी जटाओं को इस तरह मुड़वा दिया। ऊपर से कैम्प मजिस्ट्रेट का ऐसा ही हुक्म था। साहब अगर हिन्दू होता तो वैसा हुक्म कैसे देता ? वह तो पारसी था, उसके दिल में बाबा की लम्बी जटाओं के लिए रत्ती-भर भी मोह नहीं था। जटाओं का भारी बोझ गमछे में बाँधकर हजाम बाहर निकलने लगा तो मस्तराम की आँखों से दो बूँद आँसू टपके। हजाम के कान से मुँह सटाकर मस्तराम ने कुछ कहा और पाकिट से निकालकर एक रुपये का नोट थमाया। मैंने अच्छी तरह भाँप लिया कि मस्तराम ने हजाम को रकम देकर इसलिए खुश किया है कि उतरी हुई जटाओं के लच्छे ले जाकर वह नदी में बहा आये, इधर-उधर सड़क के किनारे झाड़ी-झुरमुट के अन्दर डाल देना तो साधू के सिर के

पवित्र बालों का अपमान होगा।

उस रोज मस्तराम की आँखों से बार-बार आँसू छलक आते थे। मुझसे नहीं देखा गया, कहा—"पागल कहीं के! बालों के लिए रोता है! जैसे नाखून वैसे बाल। मैं तो समझता हूँ अच्छा हुआ, इतने वर्षों बाद सिर का बोझ उतरा। जेल से बाहर निकलेंगे तो साल-दो साल के अन्दर फिर से जटाएं नहीं तैयार होंगी?"

मस्तराम दिल का साफ आदमी है, हथेलियों से आँखें रगड़कर बोला, "बाबा, यह हमारे पाप का फल है कि आपकी जटाओं पर उस मलेच्छ की दृष्टि पड़ी। हम सोच भी नहीं सकते थे कि हमारे देवता का तेज-हरण होगा। आप तो हमारे लिए सब कुछ ठहरे। वैसी लम्बी जटाएँ छितराकर जब आप नहाने के बाद बरामदे में बैठा करते थे तो वह नजारा कितना अच्छा लगता था!"

"बुद्धू कहीं के!" मैंने मस्तराम से कहा, अपने आप में मुस्कुराने की कोशिश की। इसमें कामयाबी नहीं मिली।

मस्तराम की निगाहें नीचे पैरों की तरफ गड़ी थीं। लगता था, वह मेरे सूने सिर की ओर देख नहीं सकेगा। दरअसल मेरी जटाओं की सेवा ही मस्तराम का खास काम था।

मैं हसरत से अपनी घुटी खोपड़ी पर दाहिनी हथेली को फेरा करता हूँ। सोचता हूँ, सचमुच ही मेरा तेज-हरण हुआ है। साधुओं के लिए भेष ही सब कुछ है। यह कोई नहीं देखेगा कि तुम पढ़े-लिखे नहीं हो या ज्ञानी नहीं हो या तुम्हारी उम्र छोटी है। हाँ, आडम्बर की तरफ सभी का ध्यान खिचेगा। रँगे हुए चटकदार कपड़े, लम्बी सुनहरी जटाएँ, मालाओं के मोटे दाने, पीछे चलने वाले चेला। चाँटी··· इन सबका बहुत बड़ा महत्त्व है, साधुओं के जीवन में। सचमुच जटाएँ मेरे लिए जादू का घोंसला रही हैं। अब इस उदास भेष में अगर दुनिया मुझे देख ले तो कैसे विश्वास करेगी कि मैं ही जमनिया का बाबा हूँ। किसे यकीन होगा?

कहते हैं दो साल की सजा होगी, ठीक है, काट लेंगे सजा दो साल की। चहारदीवारी के अन्दर आ ही गये हैं तो साल क्या और दो महीना क्या? जिन्हें बीस-बीस साल की सजा हुई है, मैंने उन्हें भी हँसते-

मुस्कुराते देखा है । मैंने मस्तराम से उस रोज कहा था—"सोच-फिकर काहे की । और, तेरा तो नाम ही मस्तराम है । बाहर भी मस्ती काटता था, जेल के अन्दर भी मस्ती काटेगा ।"

वड़े जमादार की पतोहू को भूत लगता है । महीने में एक-दो बार अनाप-शनाप बकती है । परसों रात मैं अपने आसन पर देर तक आँखें मूँदे बैठा रहा । पलकें खुली तो क्या देखता हूँ कि बड़ा जमादार सीख ों के सहारे खड़ा है । उसके साथ एक वार्डर और था । आँख खुलते ही मुझे उसने झुककर प्रणाम किया । भावभीनी आवाज में बोला—"बाबा, हम लोगों का भाग जगा है, तभी आपके दर्शन हुए हैं, वर्ना इतने नामी सन्त यहाँ कहाँ मिलेंगे ? जिस रोज श्री-चरणों का आगमन हुआ, उसी दिन मैंने अपने लड़के से कहा था—सन्तजी जेल नहीं काटने आये हैं, हमें अपनी लीलाएँ दिखाने आये हैं । हमने यहाँ सभी से कह दिया है कि बाबा को किसी बात का कष्ट न होने पावे ।"

फिर आहिस्ते-से बड़ी मूँछों वाले उस बुजुर्ग सिपाही ने अपनी पतोहू के बारे में मुझसे कहा । मैंने उसे तसल्ली दी । बोला—सब ठीक हो जायेगा, दया बनी रहे नीली छतरी वाले की ।

अगली रात एक वार्डर के हाथों मैंने चिकनी मिट्टी का डला बड़े जमादार की पतोहू के लिए भिजवा दिया—यह कहकर कि इसमें मन्त्रों का असर डाल दिया है । सरसों बराबर खोंट-खोंट कर खाती रहेगी तो मिजाज अच्छा हो जायेगा ।

मस्तराम यहाँ मुझसे अलग रहता है । जानबूझ कर मैंने उसे अलग रखा है । दिल से तो हम साथ-साथ हैं ही, रात को वह हाजतियों के साथ रहता है । मैंने जेलर से कह-सुनकर अपने लिए इस जेल के अन्दर रहने का इन्तजाम करवा लिया है । साधू अगर अकेला रह सके तो दुनिया पर उसका दुहरा रोब पड़ता है । संसार कौतूहल को पसन्द करता है न ? उलटबाँसी सिर्फ शब्दों में ही नहीं, अमल में भी कहीं दिखलाई पड़े तो लोगों को अपनी ओर खींचती है । घर-गिरस्ती के पचास झमेले होते हैं । उन झमेलों से ऊबा हुआ प्राणी अपने से अलग ढंग की जिन्दगी को देखकर खुश होता है । उसे लगता है, उसी की सोई पड़ी लालसाएँ सामने

वाले विचित्र व्यक्ति के अन्दर बटुर आई हैं।

जमनिया की उस जिन्दगी से मैं भी तो ऊब चुका था। अक्सर तबीयत बगावत की ओर मचलती थी। मन करता था कि भागकर किसी अन-चीन्ही दुनिया में चला जाऊँ, मगर जमनिया में मुझे इस कदर जकड़ रखा गया कि छुटकारा पाना सपना था। मस्तराम, लालता प्रसाद, भगवती, रामजनम, सुखदेव वगैरह मुझे भोगने थोड़े देंगे।

मस्तराम की बेहूदगी के चलते ही मेरी यह गति बनी है। हमेशा इन लोगों को समझाता रहा हूँ—"अरे बाबा, जोर से मत मारा करो, आशी-र्वादी के तौर पर यह जो एक-एक की पीठ पर पाँच-पाँच बार बेंत फट-कारते हो; इसमें जोश दिखाने की जरूरत नहीं है। हल्के से पीठों को छू-भर दो। बेंत से पाँच बार पीठ छू दोगे तो जनता उसको दुआ मानेगी। मगर मेरी यह सलाह कभी इनके दिमाग में नहीं घुसी। हाँ, आशीर्वाद के लिए अगर कोई बड़ा आदमी सामने होता तो उसको बेंतों की हल्की छुवन का ही प्रसाद मिलता था। जाहिल-जपाट आदमी की पीठ पर बेंत जोर से पड़ती थी।

मुझे कई बार बतलाया गया कि पब्लिक आशीर्वाद की पिटाई को पसन्द करती है, वह आग्रह करती है कि पीठ पर बेंत जरा जमकर पड़े और बाबा का आशीर्वाद फले। औरतें हठ करती थीं कि उन्हें जोर से पीटा जाए। मुसहर जाति की एक जवान औरत एक बार अड़ के बैठ गयी कि मस्तराम कम से कम पच्चीस बार उसकी पीठ पर बेंत फटकारे। मस्तराम ने उसकी पीठ पर, चूतड़ों पर और जाँघों पर जमकर बेंत फटकारी। नीले-नीले निशान उभर आये, चमड़ी छिल गयी। उन हल्के घावों से पनीला खून छलछला आया तो साँवले रंग का वह गदराया बदन रबड़ के पेड़ की तरह दिखाई देने लगा। औरतिया बड़ी खुश थी और जमनिया के हमारे उस दरबार में पाँच रोज रही। अगले वर्ष गोद में बच्चा लेकर मेरे पैर छूने आयी।

भगौती, लालता इस पिटाई के गुन गाते नहीं थकते। अच्छी-अच्छी हैसियत वाले भले आदमी जमनिया के हमारे दरबार में आते हैं और पीठ झुकाकर मस्तराम के सामने तब तक खड़े रहते हैं जब तक वह

उन्हें पाँच बार बेंत से छू नहीं देता ।

मस्तराम को लोग कालभैरव का अवतार कहते हैं । मैं उनके लिए शंकर का अवतार हूँ ।

और आज, शंकर और कालभैरव दोनों जेल की हवा खा रहे हैं । बड़े जमादार ने ठीक ही कहा था—हम जेल के अन्दर सजा काटने थोड़े आये हैं, हम तो अपनी लीला दिखाने आये हैं । लीलाएँ देखने के सैकड़ों उम्मीदवार यहाँ जेल के अन्दर भी मौजूद हैं । वे अधिकारियों में भी हैं, सिपाहियों में भी हैं, कैदियों में भी हैं । इसका सबूत मुझे परसों मिला । कटोरा-भर खीर मेरे सामने आयी तो मैं दंग रह गया, ऊपर-ऊपर मलाई तैर रही थी और पिस्ते झाँक रहे थे । निगाहों के इशारे से मैंने पूछा तो जेल का कैदी रसोइया बोला—"खास जेलर का हुकुम था, आज कातिक की पूरनमासी थी न, बड़े जमादार भगत जीव ठहरे, बाबा, आप जो चाहेंगे, सब कुछ मिलेगा ।"

सत्ताईस साल पहले भी आठ-दस रोज के लिए यह शरीर हवालात के अन्दर बन्द रहा था । तीन साधू पकड़े गये थे बिना टिकट के । एक की झोली में से आधा पाव गाँजा निकला, उसे पूरा महीना जेल के अन्दर रहना पड़ा ।

उन दिनों हम नौजवान थे । दुनिया देखने की उमंग हमें घर से बाहर खींच लाई थी । एक और बात थी जिसके चलते मुझे साधू का बाना लेना पड़ा । एक छोकरी के तीन दीवाने थे मेरे गाँव में । एक ने दूसरे का कत्ल करवा दिया तो तीसरा भी भाग निकला और जटाएँ बढ़ा लीं । फिर तो हिन्दुओं ने उस नौजवान साधू को इस तरह अपना लिया कि मेरा रोआँ-रोआँ उनके एहसान में जिन्दगी-भर डूबा रहेगा । मेरी यह पक्की राय है कि हिन्दुओं-जैसी लचकीली तबीयत और किसी जाति को नसीब न हुई । नेक, रहमदिल, सहनशील, समझदार हिन्दू-समाज बरगद का वह बूढ़ा झमाटदार पेड़ है जिसकी टहनियों से हजारों चमगादड़ लटके रहते हैं, जिसकी छाया में हाथी और ऊँट और बैल साथ-साथ जुगाली करते हैं । कुत्ते, गधे, कछुए, सबकी गुंजाइश रहती है । उनसे अलग न रहो, उनमें घुलमिल कर रहो, फिर देखो कि कैसे तुम पर सर्बस निव-

छावर करते हैं। घुलने-मिलने का आसान तरीका है साधू बनकर उनके बीच रहना। बाल बढ़ाने में तो धेला भी खर्च नहीं पड़ता है। मगर सत्ताइस साल पहले मेरी जटाएँ नहीं थीं, न इतना नाम ही फैला था। इन दिनों तो इर्द-गिर्द के इलाकों में पचास कोस तक जमनिया के बाबा की सिद्धई की बातें फैली हुई हैं। जेल के अधिकारियों को यकीन ही नहीं आता होगा कि मैं किसी जुर्म में गिरफ्तार हुआ हूँ। उनका दिल कहता होगा, बाबा को लोगों ने फँसा दिया है।

बाबा को लोगों ने नहीं फँसाया, मस्तराम की बेहूदगी ने फँसा दिया। सीधा-सादा, एक बौड़म साधू के लिबास में उस रोज हमारे सामने जाने कहाँ से आ गया। मस्तराम पर सनक सवार हो गई, उसने साधू की पीठ को बेंत की फटकारों से भुरता बना दिया। वह था भी जिद्दी, मस्तराम की बात आखिर तक नहीं मानी उसने। जमनिया के बाबा को उसने मत्था नहीं टेका···

बेहोश हो गया तो बेंत रुक गया और मस्तराम ने गाली दी, "साले का दिमाग क्रैक है ! बाप रे, इत्ती पिटाई के बाद तो पत्थर भी बिछ जायेगा !" मैंने मस्तराम की बाँह पकड़कर उसे खींचा। मुँह के अन्दर मगही पान की गिलोरियाँ दबी पड़ी थीं। भौंहें नचाकर मैंने इशारा किया--"उठो यहाँ से, इस पगलवा को यहीं छोड़ दो !"

हम उठकर अन्दर वाली कुटिया की ओर आये। थोड़ी देर बाद पता चला कि वह साधू कहीं चला गया है।

चार रोज बाद मालूम हुआ कि वह सीधे अदालत के हाकिम के सामने पहुँच गया·· तभी तो हफ्ता पूरा होते-होते गिरफ्तार हो गये।

गिरफ्तारी के बाद, दस दिनों के अन्दर कितना बड़ा फर्क आ गया, मैं कैसा दीखता हूँ। यहाँ शीशे में मुँह देखने की सहूलियत नहीं है। पानी पीते वक्त कमण्डल के अन्दर निगाहें अपने आप पड़ जाती हैं तो डर लगता है। कितना उदास हो गया है चेहरा ! लगता है, अरसे से बीमार हूँ, लगता है, वह सहज सलोना मुखमण्डल अपना ओज खो बैठा है ! लगता है, आँखें पीली हो गई हैं और होंठ सूख गये हैं ! मेरी कोशिश रहती है कि मुस्कुरा-मुस्कुरा कर चेहरे की रौनक को जैसे-तैसे बनाये रक्खूँ, लेकिन

इसमें मुझे सफलता कहाँ मिलती है ? लगता है, वह सब सचमुच ही उन जटाओं का खेल था। यहाँ फिर से अगर जटाएँ बढ़ाने की इजाजत मिली तो दिखला दूंगा। मगर यह सब यहाँ नहीं चलेगा। जेलर तो खैर हिन्दू है, सुपरिन्टेन्डेन्ट ईसाई है। उसके अन्दर साधुओं के बारे में जरा भी दिलचस्पी नहीं होगी। नहीं, जेल के हाकिम इजाजत दे ही देंगे, फिर भी मैं बाल नहीं बढ़वाऊँगा। जटाएँ तैयार हों और फिर से उन पर कैंचियों की मार पड़े ! नहीं, ऐसा नहीं होने दूंगा।

अवधूतिन को बड़ी तकलीफ है। कल उसे बुखार आ गया था। बड़े जमादार से कहलवा दिया था। डाक्टर ने दो टेबलेट दी थी। सुना, आज बुखार नहीं था।

इस बेचारी को नाहक ही गिरफ्तार किया गया। इसने कौन-सा कसूर किया था। भगौती प्रसाद इस कोशिश में है कि अवधूतिन को जमानत पर छुड़वा लिया जाये। आज तक जमानतदार नहीं मिल सका, दो-चार रोज के अन्दर कोई न कोई जमानतदार मिल ही जायेगा।

इमरतीदास बुरा नाम है ? नहीं, कौन इस नाम को बुरा कहेगा ? भाई श्री इमरतीदास जी महाराज। अवधूतिन को जमनिया के दरबार में लोग इसी नाम से याद करते हैं। हमने यह नाम दिया तो वह खुद भी बेहद खुश हुई थी। बात थी भी खुश होने की। उसका फिर से जनम हुआ था। उद्धार तो बहुत छोटा शब्द हुआ।

कितनी उम्र होगी इमरितिया की ? होगी यही कोई तीस-बत्तीस की। तन्दुरुस्ती अच्छी है, लगती नहीं है तीस-बत्तीस की। पच्चीस-छब्बीस की लगती है। खुराक अच्छी मिले और बाल-बच्चों का झमेला न रहे तो औरतों की उमर अक्सर कम दिखाई देती है। इमरितिया पर कई लोगों की निगाह गड़ी है। देखें किसके नसीब में जाती है ! मैं नहीं रोकूँगा। न, मुझको रत्ती-भर भी ललक नहीं है इमरितिया के लिए। यों वह रहना चाहे तो जमनिया का मठ हमेशा उसे रखने के लिए तैयार रहेगा।

जमनिया क्या था ? कुछ तो नहीं था। नारायणी नदी के किनारे छोटा-सा गाँव था। बिहार और उत्तर प्रदेश की सीमाएँ नजदीक पड़ती हैं। रेलवे का स्टेशन होने से जमनिया बाहरी दुनिया से जुड़ गया है।

चीनी का कारखाना क्या खुला, हिन्दुस्तान के उद्योग-धन्धों में इसे जगह मिल गई। आसपास नदी के इधर-उधर पचासों मील तक दोनों प्रदेशों के पिछड़े हुए इलाके फैले पड़े हैं। नेपाल काफी नजदीक है। तराई के अंचल, तलहटी वाली पहाड़ियाँ, पतले-घने जंगल, तेज बहाव वाली पहाड़ी नदियाँ, बीच-बीच में फसलों के लायक खेत, खपरैल और फूस के छोटे-छोटे घर। चरती हुई गायों और भैंसों के गले की टुनटुनाती घंटियाँ। बाघ और सुअर के पैरों की छाप। मगर की सड़ी हुई खाल। बाढ़ में बहकर आये हुए साखू के मोटे लट्ठे। इस तरह पचीसों और भी बातें होंगी जिनका जमनिया से निकट का सम्बन्ध है।

मैंने बहुत सोच-समझ कर जमनिया को अपना अड्डा बनाया। पहली बात तो यह थी कि मुझे पिछड़ी जातियों से विशेष प्रेम है। साधुओं का जितना आदर वे करती हैं, उतना और कोई नहीं करता। ऊँची जातियों के बड़े लोग मूर्ख साधुओं का मखौल उड़ाते हैं। भेष और रंग के पीछे वे ज्ञान की परख करते हैं। पक्की भाषा में बड़ी-बड़ी बातें करने वाला साधु ही उन्हें प्रभावित कर सकता है। हमारे जैसों के लिए अनपढ़ भगत ही काम का साबित होता है। जमनिया के इर्द-गिर्द लाखों की तादाद में गरीब और अनपढ़ लोग फैले हैं।

दूसरा लाभ था नेपाल का नजदीक होना। शासन की तीसरी आँख से बचने के लिए न जाने कितनी बार नेपाल भाग-भाग कर गया हूँ। जमनिया की तीसरी खूबी मेरे लिए यह थी कि पुलिस का अड्डा पश्चिम की तरफ 45 मील दूर था और पूरब तरफ नदी के उस पार 12 मील पर। चौथी बात वहाँ यह देखी कि आस-पास कहीं पर स्कूल-कालेज नहीं थे। न किसी के हाथ में कभी कोई अखबार ही देखा और न किताब ही देखी। और, सबसे बड़ी बात यह थी कि नेता लोग पाँच साल बाद ही दिखाई पड़ते थे। पार्टियों के झण्डे एलेक्शन के ही समय में नजर आते थे।

लोग कहते हैं कि गरीबों के पास पैसे नहीं होते। मैं नहीं मानता हूँ यह बात। सावन, कार्तिक, फागुन और बैशाख के महीने हमारे लिए जमनिया के अन्दर आमदनी के महीने हैं। ठीक है, रुपये-दो रुपये के नोट नहीं

चढ़ते, लेकिन रेजगारियों का ढेर लग जाता है। एक पैसा, दो पैसा, पाँच पैसा, दस पैसा—सिक्के ही सिक्के नजर आते हैं। चढ़ावे के तौर पर मठ को बीस एक बोरियाँ रेजगारी मिल जाती हैं। श्रद्धा की इस खेती को तैयार करने के लिए शुरू-शुरू में हमें बड़ी मेहनत करनी पड़ी। बहुत सारी तरकीबें भिड़ानी पड़ीं। कई नाटक खेलने पड़े···

"कहो बाबा, का हाल-चाल बा"—सिपाही रामसुभग सुकुल ने सुर्ती ठोंकते हुए बाहर से पूछा तो मैं कहता हूँ—"ठीक है सुकुल! क्या टाइम हुआ है?"

"एगारह।"

मैं कम्बल पर से उठ बैठा हूँ—"ग्यारह बज गये?"

"जी, बाबा जी महराज।"

मैं सोच ही रहा था कि और क्या बातें की जायँ। सिपाही जेल के सीखचों से सटकर खड़ा हो गया है। कुछ रुककर उसने कहा है—"बाबा, आप हमारा एक ठो काम कर दीजिए। यह देखिए क्या है···।"

उसने गणेश की एक छोटी-सी प्रतिमा आगे बढ़ाई। मैं उठकर आगे बढ़ा। सिपाही के हाथ से गणेश की मूर्ति लेकर उसे गौर से देखता हूँ। बार-बार उलटता-पलटता हूँ गणेश को।

सुकुल बेचैनी से इन्तजार कर रहा है। उसकी निगाहें मेरे चेहरे पर गड़ी हैं, बूटों वाले कदम अडिग हैं। झालरदार पगड़ी की परछाईं सीखचों में से होकर जेल के अन्दर आ रही है। भारी-भरकम कोट बदन पर पड़ा है। लट्ठ सेल से बाहर दीवार से टिका है।

मैंने कहा—"यह प्रतिमा पूना की बनी है। बहुत पुरानी है।"

सिपाही फुसफुसा कर पूछ रहा है—"सोने की तो नहीं है? हमारी नानी का विश्वास था कि गणेश जी की इतनी अच्छी प्रतिमा सोने की ही हो सकती है। शायद, होगी···"

सिपाही ने आशा और भय से मेरी ओर देखा। मुझे अन्दर ही अन्दर हँसी आ रही है। यों मैं उस अबोध सिपाही पर तरस ही खा रहा हूँ।

मैंने गम्भीर होकर कहा—"गणेश जी का समूचा बदन ठोस पीतल का है। मामूली पीतल नहीं। बेहतरीन किस्म के पीतल की गजानन-

लम्बोदर की प्रतिमा पूने के कारीगर ने ढाली थी। पचास साल पहले कारीगर ज्यादा मेहनती और ईमानदार होते थे…"

उस मूर्ति को दाहिनी हथेली पर जमाकर बायाँ हाथ उसकी सूँड़ पर फेरता रहा। एकाएक मेरी आँखों में चमक भर आयी। मैं सिपाही की ओर देखने लगा हूँ। आहिस्ते-से बोला—"इसको मैं सोने में बदल सकता था, लेकिन यहाँ जेल के अन्दर क्या होगा।"

सिपाही रामसुभग सुकुल ने झुककर सीखचों में से अपना हाथ अन्दर बढ़ाया, मेरे पैरों को छूने की कोशिश की। कातर दृष्टि से मेरी ओर देखा और गिड़गिड़ाया—"बाबा जिनगी भर राऊर गुलाम होके रहब, कवनों तरकीब भिड़ावल जाय, गरीब के उद्धार हो जाई।"

मुझे हँसी आ गई। अपने पैरों को मैंने पीछे हटा लिया। कहने लगा—"देखो घबराने से कुछ नहीं होगा। मन को बाँधो। सब्र से काम लो। परमात्मा तुम्हारा मनोरथ पूरा करेगा। मैं जब जेल से रिहा होकर बाहर जाऊँगा तो मुझसे मिलना।"

उस मूर्ख का गिड़गिड़ाना कम नहीं हुआ। मुझे उस पर हँसी भी आ रही है और दया भी। इतना तय है कि अगर उल्टी-सीधी कोई बात न बता दूँ तो सुकुल रोज परेशान करेगा। आखिर मैंने कहा—"देखो, पीतल के इस गणेश को सोने का गणेश बनाना बिल्कुल असम्भव है। कोई भी यह काम नहीं कर सकता। हिमालय में जमनिया से ठीक पचास कोस उत्तर एक बहुत बड़ी बर्फानी चोटी है। उसी से नारायणी नदी निकली है। मुक्तिनाथ महादेव वहीं हैं। उधर पहुँचना आसान नहीं है। मेरे गुरू महराज वहीं पहाड़ की खोह में रहते हैं। उनकी उम्र दो सौ पचास वर्ष से कम की नहीं होगी। सिर के बाल और दाढ़ी-मूँछ सब कुछ सुनहरे हैं। दाँतों की पाँत ऐसी लगती है मानो मकई के दाने दो लाइन में जमे हों। भौंहें सुनहली। शरीर का रंग चम्पे की पंखुड़ी की याद दिलाता है। एक बार ऐसा हुआ कि जाड़े की सुबह में हम गुरू जी महाराज की टहल में मशगूल थे। इतने में भोटिया डाकुओं का सरदार आ पहुँचा। अपना घोड़ा उसने अलग ही बाँध दिया। गुरू जी के सामने आकर धरती पर लम्बा लेट गया। इशारे से गुरू जी ने बैठने को कहा और वह पालथी मारकर बैठ

गया। थोड़ी देर बाद मैंने उसे चाय लाकर दी, नमकीन भोटिया चाय। चाय पीकर डाकू सरदार ने इसी तरह पीतल की एक प्रतिमा निकाली और उसे गुरूजी के सामने रख दी। गुरूजी ने कहा—छोड़ जाओ, दो रोज बाद आकर ले जाना। सरदार चला गया। दो रोज बाद वापस आया। उसकी देवी की प्रतिमा सोने की हो गई थी। अपनी तारादेवी को उस रूप में पाकर भोटिया सरदार नाचने लगा—

"जी सरकार, जरूर नाचने लगा होगा, मेरा तो सुनकर ही नाचने का जी करता है। बाबा, आपके गुरू महाराज ने जब उस पीतल वाली प्रतिमा को सोना बनाया तब आप वहीं रहे न ?"

सिपाही बेचैन नजर आता था। उसे पीतल को सोना बनाने की विधि कम से कम सुन तो लेनी है। मैंने कहा—"रात-दिन गुरू महराज की टहल-सेवा में रहना होता था। वह मुझसे कुछ छिपाते थोड़े थे ? भादों की अमावस के अँधेरे में नदी-किनारे अगर काला बाहरसिंगा लीद करे और उस लीद को पूरनमासी के दिन धूप में सुखा लिया जाय और उसी लीद की आग में इस पीतल वाले गणेश को डाल दो तो यह सोने का हो जाये।"

सुकुल ने सिर हिलाकर हामी भरी और बोला—"मगर यह काम तो महाराज, सबसे नहीं होगा। कहाँ काला बारहसिंगा, कहाँ उसकी सूखी लीद ?"

मैं इस पर खिलखिलाकर हँसा हूँ ! सुकुल अपनी लाठी सँभालकर आगे बढ़ा। कहता गया—"ई सब काम आपै लोग कर सकते हैं। रिहाई के बाद इस दास को याद रखिएगा—"

"जरूर ! भगवान तुम्हारा भला करे।" मैंने पीछे से कहा।

जाड़े का मौसम आ गया है। मेरे लिए भगौती ने दो कम्बल बाहर से भिजवा दिए हैं। ऊनी अलफी भी आ गई है। काले रंग की यह अलफी शिवनगर की रानी साहिबा ने पिछले साल बनवा दी थी। हिरन की खाल के जूते भी आ गये हैं। पीतल का वह चमकदार कमण्डल भी आ है। हाथी-दाँत के मनकों की माला भी आई है। मृगछाला भी पहुँच गयी है। बाघम्बर के लिए जेलर साहब से आडर नहीं मिला है।

इधर कुछ वर्षों में दिन में खाने के बाद सोने की आदत पड़ गई है। आज भी सोया हूँ। जाड़े की लम्बी रात सोकर बिताना साधुओं के हक में नहीं है। किताबों से मेरी नफरत नई नहीं, काफी पुरानी है। हाँ, चार जने बैठकर सारी-सारी रात ताश खेलते रहें और मैं अलग बैठा रहने पर भी एक ओर झुककर उनमें से किसी का साथ दूँ, यह मुझे अच्छा लगता है। यहाँ जेल के अन्दर भी मैं ताश की चौकड़ी जमा सकता हूँ, मगर इसमें अपना नुकसान रहेगा। इससे आम कैदियों की श्रद्धा-भक्ति में कमी आयेगी। लोग कहने लगेंगे—वह देखो, जमनिया के बाबा चोरों और डकैतों के साथ बैठकर ताश खेल रहे हैं। बाबा हैं तो क्या हुआ, मिजाज के बड़े रँगीलें हैं—

मैं जो हूँ, सो हूँ। अपने दिल की दुनिया का नाटक औरों को क्यों देखने दूँ। बाहर-बाहर से सिद्धई का जितना स्वाँग बनाए रहूँगा, उतना ही अधिक लाभ पहुँचेगा अपने को।

रविवार को सबेरे नौ बजे बड़ा साहब अपने दल-बल के साथ अन्दर आता है, घूम-घूम कर जेल का कोना-कोना विजिट करता है। मैं कल ऐसा नाटक लगाऊँगा कि साहब की अकल गुम हो जाएगी। ईसाई है न ! ईसाईयों का दिल बंजर-वीरान की तरह चटियल होता है, उनके अन्दर दूसरे धर्मों के लिए श्रद्धा का अंकुर पैदा करना मुश्किल है। कुछ हो, मान तो जाएगा ही। जरा भी रौब पड़ जाय तो काफी होगा।

चीनी के कारखाने में लाल झण्डा वालों ने हड़ताल कर दी है। पचास-पचपन मजदूर पकड़े गए हैं। पिछली रात बडी देर तक नारे लगते रहे। जेलर से लेकर लेबर मिनिस्टर तक को मुर्दा बनाया जाता रहा। नौजवानों के गलों में जोर बहुत था, जेलर को आखिर झुकना पड़ा। हड़ताली हवालातियों की माँग जेलर को मंजूर करनी पड़ी। जमात में बड़ी ताकत होती है न ? और कहीं उस ताकत के पीछे पढ़े-लिखे समझदार लोगों की सूझ-बूझ भी हुई तो फिर क्या कहना !

जमनिया की फैक्ट्री के मजदूरों ने दो साल पहले भी हड़ताल की थी। लेकिन, वहाँ लाल झण्डा नहीं था, तिरंगा था। दो रोज बाद ही समझौता हो गया था। उसमें किसी को जेल नहीं जाना पड़ा। लाल

झण्डा वाले जिद्दी होते हैं । झण्डा उठा लेंगे तो परेशान कर देंगे, मिल वालों की नाक का पानी निकाल देंगे ।

हमारे यहाँ उस रोज जो साधू आया था, उसके साथ दो वालण्टियर देखे गए थे, लाल झण्डा वाले । मठ के अन्दर तो साधू अकेले ही आया था । जरूर हमें फँसाने में लाल झण्डा वालों का हाथ है । तिरगा वाले तो मठ वालों को मिलाकर ही चलते हैं । उन्हें मदद मिलती है मठ से ।

अब मैं सो जाऊँगा । बारह बार घड़ियाल को ठोंककर सदर फाटक वाला सिपाही शायद फिर स्टूल पर बैठ गया है फाटक के मोटे सीखचों से पीठ टिकाकर ।

सवेरे जेलर साहब ने कस्तूरी भेजी थी । उनकी माँ पिछली यात्रा में केदार और बद्री की यात्रा कर आई हैं । चमोली बाजार में एक तिब्बती सौदागर मिला था, उसी से माताजी ने कस्तूरी ली थी । ठीक इसी किस्म की बढ़िया कस्तूरी शिवनगर की रानी साहिबा ने भेजी थी । एक बार कस्तूरी को मैंने सँभाल कर रख लिया है, बड़ा नगर वाले जज साहब को भिजवा दूँगा ।

नाटक वाला स्वाँग खूब सफल रहा । दोनों पुतलियों को मैंने ऊपर चढ़ा दिया था । पद्मासन लगाकर बैठा रहा । पीठ की हड्डी सीधी कर ली थी । साँसों को देर तक साधे रहा । प्राणायाम की पूरक, कुम्भक और रेचक विधियों का अभ्यास वर्षों तक किया था । वह काम आया । इसी बीच सुपरिण्टेण्डेण्ट की बारात जेल का पूरा चक्कर लगा गई ।

बड़ा जमादार खुद आकर हमें बतला गया—"साहब आप पर बड़े खुश थे । कह रहे थे, किसी ने बेचारे साधू को फँसा दिया है ।"

चलो, अच्छा हुआ । बड़े साहब ने बेकसूर मान लिया । अब चाहे कितना भी अरसा जेल के अन्दर गुजारना पड़े, तकलीफ नहीं होगी । तबीयत मस्त रहे तो ऊपरी झमेले यों भी कहाँ अखरते हैं । जैसे फलों और फूलों की बागवानी सीखनी होती है, उसी तरह मन को प्रसन्न रखने का भी ढंग सीखना होता है । आम आदमी बाहरी तकलीफों को झेलता जाय, उन्हें हटाने का उपाय न करे, चाहे जैसी स्थिति में खुश नजर आए, शिकवा-शिकायत न करे तो दुनिया उसे बेहया कहेगी । लेकिन, हम बेहया

नहीं कहलायेंगे। हमारे लिए यह सब खूबी ही खूबी मानी जाएगी। दर-असल इन्हीं खूबियों के चलते मैंने अपने सबसे प्यारे शिष्य को मस्तराम कहना शुरू किया। मुझे अक्सर रामकृष्ण परमहंस की कहानियाँ सुनाई गई हैं। उनकी लीलाओं के बारे में हमें काफी कुछ मालूम है। मैंने मस्त-राम के अन्दर भी कुछ वैसे ही गुण पाए हैं। कोई कष्ट उसे झुका नहीं सकता। कोई खटास मस्तराम के दिल को फाड़ नहीं सकती। आगे चल कर कहीं कोई रानी मिल गई तो हमारा मस्तराम भी अच्छा-खासा परमहंस निकल जाएगा।

आज न मिल सका, कल तो मस्तराम से जरूर मिलूँगा। अब कुछ ऐसा रंग जमाना है कि बाहर से कोई चीज न मँगवानी पड़े। यहीं जेल के अन्दर ही सारे पदारथ सुलभ हो जाएँगे। नीम की इन्हीं डालों से मिसरी के डले बरसने लगेंगे। अगस्त्य मुनि की मरजी हुई तो विन्ध्याचल झुक गया। मेरी मरजी होगी तो ऊँची दीवारों का परकोटा नहीं झुक जाएगा ? मैं तो यही देख रहा हूँ कि इस जेल की दुनिया बाहर वाली दुनिया से मिली हुई है। यह दीवारें नहीं हैं, हिलते हुए ढीले-ढाले परदे हैं। कितनी आसानी से बाहर की झाँकी मिलती है ! कितनी सफाई से बाहर के माल अन्दर टपा लिये जाते हैं। जेल के अन्दर जितने भी प्राणी हैं, मैं सभी को भंडारा दूँगा। मैं इतना भारी भोज दूँगा कि जेल के अधि-कारी दाँतों तले उँगली दबाएँगे। मस्तराम उदास रहता है। भोज भण्डारा होगा तो उसकी कर्मशक्ति मुखर होगी। वह आदमी थोड़े है, पूरा पिशाच है। जितना ज्यादा लादोगे, उतना मस्त रहेगा। जितना हुलकाओगे, उतना ही झपट्टा मारेगा। इस मस्तराम से कोई काम न लिया गया तो बेचारा मिट्टी हो जाएगा। लेकिन, काम इससे दूसरा कोई नहीं ले सकता। मैं ही ले सकता हूँ काम मस्तराम से। जेल के सिपाही इससे कुछ नहीं करवा सकते। अभी उस दिन मैंने मस्तराम से कहा—"सजा हो जाय तो हम लोग भी दूसरे कैदियों की तरह सरकार बहादुर का कुछ काम कर दिया करेंगे। बाहर जेल की अपनी बगीची है, तुम चाहोगे तो वहाँ भी काम मिल जाएगा।"

इस पर मस्तराम के लिलार में बल पड़ गए, गर्दन की नसें फूल

उठीं। जमी हुई आवाज में उसने कहा—"इनकी ऐसी-तैसी! हम दामाद बनकर रहेंगे और इनके सीने पर सिल रगड़ा करेंगे। काम कौन लेगा हमसे ? किसकी मजाल है महाराज ? हम जाएँगे जेल की बगीची में फावड़ा चलाने ?" और जब शरारत-भरी आँखों से मैंने उसकी ओर देखा तो मेरी मुस्कान दबाए नहीं दबी। मेरे मुँह से निकला—"अरे, बड़ी अच्छी बगीची है। बीच में पुराना कुआँ है। उसका पानी अमृत को मात करता है।" मस्तराम ने मेरे मन की बात भाँप ली और हुलसकर बोला—"भंग-बूटी छनेगी, चलेंगे बाहर बगीची में··· करेंगे काम सरकार बहादुर का !"

मस्तराम से ही इमरती का हाल मालूम करता रहता हूँ। सुकुल से भी जनाना वार्ड की एक-आध खबर मिल जाती है। देखें, कब तक जमानतदार मिलता है ! ···जनाना वार्ड में कुल मिलाकर सात-आठ केबिनें हैं। एक पगली है, वह औरों पर दाँत चलाती है। उसे सेल के अन्दर बन्द रखा गया है···इमरितिया उसकी निगाहों पर न चढ़ जाए···अन्देशा बना रहता है !

घबराती तो जरूर होगी। अन्दर ही अन्दर मुझे गालियाँ भी दे रही होगी। औरतें जरा-जरा-सी बातों से परेशान हो उठती हैं। इसमें औरतों का कोई कसूर नहीं है। कुप्पी इतना तो दिल होता है बेचारियों का ! और सच पूछो तो औरतों का यों घबरा उठना मर्दों को बड़ा अच्छा लगता है। घबराएँ नहीं, झिझकें नहीं, सकुचायें नहीं, डर के मारे पसीना-पसीना न हो जाएँ तो फिर औरत ही क्या ? उनकी इन्हीं खूबियों पर कवि और शायर फिदा रहे हैं। इन्हीं खूबियों पर पोथा पर पोथा रचा गया। कहते हैं सिकन्दर, औरंगजेब, नादिरशाह, हिटलर और स्तालिन औरतों से कतराते थे। कहते हैं, औरतों के नखरे पहाड़ को बिछा देते हैं, फौलाद को गला डालते हैं। मैं उनसे बचता रहा हूँ। आगे की राम जाने।

इमरितिया क्या हमेशा जमनिया मठ में रहेगी ? लक्ष्मी नहीं रही। गौरी चली गई। तो फिर इमरितिया ही क्यों रहेगी ?

इमरितिया जाएगी तो जलेबिया नहीं आ जाएगी ? एक-आध सधु-

आइन न रहे तो मठ उदास लगता है ! भगतों की तबीयत उचटी-उचटी-सी रहती है। कहते हैं, दफ्दरों में इन दिनों औरतें काम करने लगी हैं। औरतों के बिना संसार चलेगा ?

साहब चाहे छोटा हो या बड़ा, तेज-तर्रार खूबसूरत छोकरी बगल के कमरे से निकलकर सामने आकर खड़ी हो जाती होगी तो अच्छा नहीं लगता होगा ? स्त्रियों को नरक का द्वार कहा गया है। लगता है, किसी अभागे ने खीझकर यह बात कही होगी; वर्ना पुरुष और स्त्री एक-दूसरे से कब तक भागते फिरेंगे। सावन का आसमान बादलों से घना हो उठता है, मगर वहाँ भी जाने किस काँत से कैसे बिजली कौंध जाती है !

आज शाम को एक पुरजी और दो रुपये का नोट मेहतर को दिया। सुकुल से बात हो चुकी थी। मेहतर जी के हाथों इमरितिया तक कोई भी छोटी-मोटी चीज आसानी से पहुँचाई जा सकती है। पुरजी में मैंने इतना-भर लिखा कि घबराना नहीं, आठ-दस रोज के अन्दर ही तू छुटकारा पा जाएगी···।

इमरितिया लिखना जानती है। किसी दूसरे से लिखवाने की सहूलियत नहीं होगी। बहरहाल चिट्ठी-चपाती से क्या फरक पड़ता है ? मतलब की बात मेहतरनी मालूम करती ही रहेगी और मुझे पता चलता रहेगा। सोचता हूँ अगहन की पूर्णिमा के दिन सत्यनारायण भगवान की पूजा करवा दूँ। बड़ा जमादार, सुकुल, जेलर सभी को यह प्रस्ताव पसन्द आएगा। पुराने और मुखिया टाइप के जितने भी कैदी हैं, सभी इस प्रोग्राम को सफल बनाने के लिए जी-तोड़ मेहनत करेंगे।

भगौती दिन-रात कोशिश में लगे हैं कि बाबा को बी-डिवीजन वाले कैदियों की तरह आराम से रखे सरकार बहादुर। लेकिन सरकार बहादुर ध्यान नहीं दे रही है बाबा की तरफ ! लगता है, पारसी हाकिम ने सरकार बहादुर को मना कर दिया है। मुझ पर उसकी कितनी नाराजी है, यह तो इसी से मालूम हो गया कि हवालात के अन्दर पहुँचते ही मेरी जटाएँ उतर गईं···हाय राम, किसी ने भी जुबान नहीं हिलाई; कोई तो कहता कि साधू-महात्मा की जटाओं को तहस-नहस करवा रहे हो, तुम हाकिम हो कि शैतान हो ? क्या हो आखिर ? हाय राम, कोई कुछ नहीं बोला !

सभी टुकुर-टुकुर ताकते रह गए और जेलर ने उसके हुक्म की तामील करवा ली। हजाम तैयार नहीं था, लेकिन दरोगा के डर से उसे अपनी कैंची निकालनी पड़ी।

नेपाल में किसी साधू के साथ ऐसी जोर-जबर्दस्ती होती तो लोग खून बहा देते ! साधु-संन्यासी साँड की तरह आजाद घूमते हैं नेपाल में। हिन्दुस्तान में अब वो मजा नहीं रहा। मैं जेल से बाहर निकलूंगा तो सीधे नेपाल की ओर ही अपना रुख करूँगा। जमनिया में अब कोई नहीं रोक सकेगा मुझको।

हाँ, भगौती और लालता को किसी सन्त-महन्त को पकड़ के रखना ही हो तो उसका भी इन्तजाम कर दूँगा।

लेकिन यह काम तो मस्तराम भी कर सकता है। नहीं कर सकता है ? जरूर कर सकता है ! मैं उससे कहूँगा—साल-भर के लिए मैं अपने गुरू महाराज की सेवा में जाना चाहता हूँ, मुक्तिनाथ महादेव से थोड़ी दूर पर ही एक खोह के अन्दर मेरे गुरू महाराज रहते हैं। ढाई सौ वर्ष की उम्र है। दस-दस साल बाद वह बारह महीने की समाधि लेते हैं और उस समाधि के वक्त कोई दूसरा वहाँ रह नहीं पाता; बस, मैं ही रह सकता हूँ। मुझ पर गुरू महाराज की कृपा है…ये बारह महीने मेरी जगह तुम्हीं जमनिया की इस बाघम्बरी गद्दी पर बैठे रहो; मस्तराम, तुमको छोड़कर यह जिम्मेदारी मैं किसी और पर नहीं डाल सकता !

मस्तराम जरूर मान जाएगा।

आज दुपहर का खाना खाकर हम जेल के बाहर सरकारी बगीचे में गए। इसके लिए बड़े जमादार की सिफारिश काम आई। उसने कई दिनों से जेलर को पटा रखा था। महज दो घण्टे के लिए हमें यह इजाजत मिली थी।

जेल से थोड़ी दूर आमों की बगीची है। किसी नवाब का बाग था। पिछले पचास वर्षों से सरकार के कब्जे में है। अब जेल वाले इस बगीची के अन्दर सब्जियाँ ही ज्यादातर उगाते हैं। दस-बीस झाड़ अमरूद के भी लगा दिए हैं। चार-छै झाड़ नीबू के भी दिखे। कुछ दरख्त और-और फलों के भी थे। बड़हर, जामुन, आँवला, इमली और जाने क्या-क्या ?

इमली का पेड़ बहुत बड़ा था। काफी पुराना।

नीचे टूटा-फूटा चबूतरा।

चबूतरे से लगा हुआ मजार।

जरा हटकर कुआँ।

मस्तराम ने अन्दर झाँककर देखा, पीछे हटता हुआ बोला—"सालों ने क्या गत बना रक्खी है कुएँ की !"

"क्या है कुएँ में ?" मैंने पूछा तो वह बोला—"देखिए न महराज लकड़ियों के कुन्दे अटे पड़े हैं ! बस, जरा-जरा-सा पानी चमक रहा है···"

"तो तुम क्या करोगे ?" मैंने हँसकर कहा।

मस्तराम बोला—"मजार की जगह यहाँ बजरंगबली की प्रतिमा होती तो कुआँ भी हँसता-मुस्कराता होता, जिन्दा-जागता होता। मजार मुर्दा है इसलिए कुआँ भी मर गया है।"

इस पर मैं क्या कहता ! गम्भीर होकर आगे बढ़ गया। मुझे लगा कि यह मस्तराम नहीं, उसके अन्दर का पोंगाराम बोल रहा है। दर-असल इतना अच्छा कुआँ इसलिए मुर्दा पड़ा है कि जेल वाले मर गए हैं। मजार का क्या कसूर है यहाँ ?

संजीवन ने बाग के बीचोबीच, छाँह में काला कम्बल बिछा रक्खा था।

हम नीम की उस छाया के तले देर तक बैठे।

मुद्दत के बाद नीम की ऐसी प्यारी छाँह मिली।

संजीवन अन्दर से भंग का गोला लाया था। बैल चरस खींच रहे थे, उधर से पानी भरी बाल्टी आ गई और भंग का दौर चलने लगा।

इस वक्त पहली बार बड़े जमादार ने हमारा साथ दिया, यहाँ तक कि खुलकर ठहाके भी लगाते रहे।

मस्तराम थोड़ी देर के लिए अकेले बाग घूमने निकला। लौटा तो मेरे सामने ढेर-सारे आँवले फैला दिए। मुरब्बे वाले बड़े-बड़े आँवले।

जमादार ने हाथ जोड़ लिये और दीन स्वरों में बोला—"मस्तराम बाबा, आँवले के पेड़ पर बाहर के लोगों ने आपको देखा होगा। यह बात जेलर के कानों तक पहुँचेगी, वह मुझसे कैफियत तलब करेंगे। बतलाइए,

मैं क्या कहूँगा साहब से ?"

"जेलर कुछ नहीं बोलेगा", मस्तराम ने अकड़ में कहा, "और हम क्या चोर की तरह उस तरफ कूद जाते ? बाग की दीवार के बाहर ? देखिए जमादार साहब, मस्तराम दिन-दहाड़े डाका डाल सकता है या सरे आम कत्ल कर सकता है, लेकिन चोर की तरह गुपचुप भाग नहीं पाएगा। वह उचक्का या कमीना नहीं है कि आपको धोखे में डाल कर चम्पत हो जाएगा।"

मैंने उसके कन्धे पर अपना हाथ रख दिया, नहीं तो मस्तराम कुछ और कहता। ऐसा कुछ कहता जिससे बड़े जमादार के दिल को चोट पहुंचती।

कंधे पर से मेरा हाथ हटा दिया मस्तराम ने। बड़ी-बड़ी आँखों से देखता रहा मेरी ओर। अन्दर ही अन्दर जाने कैसा तूफान उठ रहा था। उसके प्रति अविश्वास जाहिर किया था बड़े जमादार ने, साधारण कैदी की कोटि में रख कर उसे देखा था बड़े जमादार ने। मस्तराम जैसा साफ-दिल आदमी इस पर रंज हो उठा तो यह कोई अनहोनी नहीं हुई।

लेकिन बड़े जमादार ने जाने क्या सोचकर मस्तराम के पैर पकड़ लिये और भीगे गले से कहने लगा— "मस्तराम बाबा, सचमुच ही जेल की नौकरी करते-करते मेरी बुद्धि भ्रष्ट हो गई है। मैंने क्यों सोचा कि लोग जेलर के कानों तक यह बात पहुँचा देंगे ! भला यह भी कोई बात हुई ! आप आँवले के दरख्त पर चढ़े थे, दीवाल के उस पार कूद ही जाते तो क्या था ? बाहर ही बाहर जेल के गेट पर आकर खड़े होते और मुस्करा कर संतरी से कहते और वह आपको अन्दर ले लेता। दर-असल, मेरा मन मलिन है। इसी से मैंने उल्टा सोचा। मुझे आप माफ कर दीजिए, मस्तराम बाबा !"

मस्तराम ने अपने पैर हटा लिये और बड़े जमादार के सिर पर हाथ फेरा।

मुझे लगा कि मस्तराम के आगे मैं कुछ नहीं हूँ। वह मुझसे कही ऊँचा है, कहीं आगे है वह मुझसे ! बेचारे के अन्दर जरा-सी हिकमत होती तो संसार उसकी पूजा करता। फिर उसके भी इर्द-गिर्द भगौती,

लालता प्रसाद जैसे भगतों की भीड़ बटुर आती। फिर मस्तराम भी बीराने में मठ जमा लेता कहीं !

मस्तराम सचमुच ही आँवले के दरख्त से अगर दीवार के उस पार कूद जाता और टहलता-टहलता किसी तरफ निकल जाता ! भारी मुसीबत खड़ी होती न ?

नहीं, अब मैं दुबारा जेल की बगीची के अन्दर मस्तराम को नहीं ले जाऊँगा। और खुद भी क्या करने जाऊँगा ? कोई जरूरत नहीं है इन नखरों की। यहाँ तो बस उतने ही नखरे फैलाओ, जितने से काम बने··· उस रोज वह नाटक वाला नखरा बिल्कुल सही उतरा ! जमादार की पतोहू सनीचर की शाम को दर्शन करने आई। मैं उसके सीने पर फूँक मार-मार के भभूत मलता रहा। सुकुल ने बतलाया, कई रात उस औरत को अच्छी नींद आई। हफ्ते में तीन रोज अगर आधा-आधा घण्टा भभूत मला जाता तो डेढ़-दो महीने में वह निरोग हो जाती, मगर मैं इस झमेले में पड़ना नहीं चाहता। वहाँ जमनिया में झाड़-फूँक का यह धंधा बहुत बड़ा धंधा है। यहाँ जेल के अन्दर इस झाड़-फूँक में कोई दम नहीं है।

बड़ा जमादार बेहद डर गया था मस्तराम से। मैंने उसे अच्छी तरह समझा दिया है। सुबह-शाम मस्तराम का दर्शन करेगा, थोड़ी-बहुत गपशप करेगा, बस, इतने में ही वह भोलानाथ खुश रहेगा।

इमरितिया ने आज फिर दो रुपये मँगवाए !

क्या करती है, रुपये लेकर ?

जुआ तो खेलती है !

नहीं, मिठाई-सिठाई मँगवाती होगी बाहर से ! मिठाइयों से इमरितिया का जी कभी भरा ही नहीं। जमनिया में सबसे ज्यादा मिठाइयाँ वही खाती थी, बासी हो या ताजा, कैसी भी मिठाई उसे चाहिए। पिछले वर्ष पूस के सारे महीने वह गन्ने ही चूसती रही। मिल वाला सेठ बिर्धीचन्द बतला रहा था—महाराज, अवधूतिन तीन सौ से ऊपर गन्ना चबा गई !

गौरी भी गन्ने चूसती थी, लेकिन इमरितिया की तरह नहीं।

इमरितिया की तरह वह मिठाइयों पर कहाँ टूटती थी ? लछमी को शौक था खट्टी चीजों का। मांस-मछली वालों को मिठाई नहीं चाहिए। उन्हें चरपरी वस्तुएँ चाहिए। लछमी तो बारहो महीने खट्टे फल चूसती रहती थी। हरी मिर्च और अदरक की चटनी कितना खाती थी ! लेकिन मस्तराम को खट्टा-चरपरा खाना अच्छा नहीं लगता है। लछमी गई तो छै-सात महीने में गौरी आई। गौरी को आए साल बीता तो मस्तराम पहुँचा। गौरी, मस्तराम, इमरितिया, तीनों का जनम एक ही राशि में हुआ था। कम-से-कम इन तीनों के अन्दर एक बात तो मिलती है कि तीनों मीठा खाना पसन्द करते हैं।

शिवनगर की रानी साहिबा वर्ष में दो बार साधुओं को भण्डारा देती हैं। इस साल अब तक कातिक का भण्डारा नहीं हुआ। कौन करवाता ? हम इधर जेल आके बैठ गए, उधर भगौती कचहरी की दौड़-धूप में उलझ गया। देखें, वैशाख वाला भण्डारा रानी साहिबा का होता है या नहीं। तब तक कचहरी का काम खत्म हो चुका रहेगा। भगौती फुर्सत में होंगे तो भण्डारा क्यों नहीं होगा ?

लेकिन मैं नहीं रहूँगा तो रानी साहिबा की तबीयत होगी भंडारा के लिए ? मुझे तो शक है !

उस बार लालता की बेवकूफी से मुझे गुस्सा चढ़ गया। मैं समाधि वाली अपनी गुफा में आ बैठा। अन्दर से किवाड़ी बन्द कर ली···

हुआ यों कि असाढ़ का मेला करीब था। सामान की फेहरिस्त बनाई जा रही थी। भगौती, लालता, रामजनम, सेठ भूरामल, ठाकुर शिवपूजन सिंह वगैरह मौजूद थे। श्रद्धा और भक्ति, धर्म और कर्म, लोक और परलोक···बहुत सारी बातों की कुटाई-पिटाई चल रही थी।

भूरामल ने बीच में कहा—"पैसा न हो तो सब कुछ फालतू है, सब कुछ बकवास !"

सब लोग तोंदवाले उस नौजवान मारवाड़ी की तरफ देखने लगे। वह कह रहा था—"भगत लोग वक्त पर अपनी गाँठ न खोलें तो बाबा का क्या हाल होगा ? लक्ष्मीजी रूठ जाएँ तो सारे मठ-मन्दिर खँडहर हो जाएँ, उल्लू बोलने लगें उन पे···"

इस पर सबने हामी भरी।

घण्टा-भर बाद सेठ भूरामल की बात मेरे कानों तक पहुँच गई; लालता प्रसाद ने नमक-मिर्च मिला कर इमरितिया से कहा। वह आकर आरती के बाद मुझे बतला गई—"बाबा क्या है, भगत लोग अपना हाथ खींच लें तो चुटकी भर पिसान दुर्लभ हो जाय···सेठ भूरामल बोल रहा था महाराज जी !···भगौती, रामजनम, सभी तो थे। लालता उठके चले आए, उनसे सुना नहीं गया यह सब !"

मुझे तो लालता की ही बेवकूफी खलने लगी। अरे, मठ के बारे में या बाबा के बारे में कोई अनाप-शनाप बकता है तो बकने दो ! कूबत हो तुम्हारे अन्दर तो वहीं आमने-सामने जवाब दो, नहीं तो निगल जाओ उन बातों को ! उन्हें मेरे कानों तक क्यों आने देते हो भाई ?

और, तब मुझे लगा कि सेठ भूरामल की तरह दूसरे लोग भी इसी तरह सोचते होंगे ! सोचते होंगे, भगतों की बदौलत ही बाबा गुलछर्रे उड़ाता है।

मैंने मन ही मन तय कर लिया कि इन सेठों का घमंड चूर-चूर कर दूंगा। मेले का सारा इन्तजाम अपने आप होगा। बाजार वालों से न एक पाई लूंगा, न एक दाना ! भगवान की दया से सब कुछ पिछले वर्षों की तरह होगा। लंगर भी चलेगा। भजन-कीर्तन भी चलेंगे। हाट-बाजार भी लगेगा। थिएटर-तमाशे भी जमेंगे। तम्बू भी तनेंगे। शामियाना भी खड़ा होगा। नाच भी जमेगा। भाषण-वाषण भी होंगे। सब कुछ होगा। मैं सालों की हवा निकाल दूंगा। पैरों पर इनसे नाक न रगड़वा लूँ तो···

जमनिया में समाधि के लिए मैंने चार छोटी-बड़ी गुफाएँ तैयार करवाई थीं। पहले लोगों की समझ में नहीं आता था कि गुफा क्या होती है। जमनिया के सीधे-सादे देहाती आज भी उन्हें 'माँद' ही कहते हैं।

समाधि में जाने से पहले बाबा का फर्मान निकलता था। उस बार भी निकला सिलेट की पाटी पर पत्थर की पेन्सिल से लिखा हुआ फर्मान···"15 रोज बाबा समाधि में रहेंगे। मिलना-जुलना सब बन्द। असाढ़ का मेला भी नहीं लगेगा। लोगों में नोटिस बँट जाएगी, उन्हें आगाह कर दिया जाएगा कि असाढ़ का मेला इस बार नहीं लगेगा, मेले के नाम पर

कोई शख्स जमनिया नहीं आए। बाबा आहार नहीं ग्रहण करेंगे, सिर्फ एक-एक गिलास दोनों जून लेंगे। सेवा में मस्तराम को छोड़कर कोई दूसरा नहीं होगा···"

ईंट और सीमेण्ट की इन पक्की गुफाओं को जमीन के अन्दर-अन्दर बनवाया गया है। जमीन पर देखने पर फर्श नजर आती है। सीमेण्ट की फर्श। ऊपर फर्श 'पक्का आँगन' मालूम देती है। गुफाओं में जाने वाली सीढ़ियाँ कोठरियों के अन्दर हैं। इन कोठरियों में जँगले हैं, वे बगीचे की तरफ खुलते हैं। जानकार आदमी, यानी अपना आदमी ढक्कनदार सूराखों से मुँह लगाकर अपनी बातें गुफाओं के अन्दर पहुँचा सकता है।

किवाड़ी बन्द करके मैं अन्दर जा बैठा।

थोड़ी देर में इमरितिया आकर आसन-वासन ठीक-ठाक कर गई। चौमुख दीपक को तेल से भर गई। रेंड़ का तेल जलता था इन दीपकों में। रोज शाम को वही इन समाधि-कुटीरों में गुग्गल की धूप सुलगा जाती थी। एक योगी के लायक आराम और सुभीते की सारी व्यवस्था वहाँ यों भी रहती थी।

भगौती और सेठ बिर्धीचन्द किसी भी हालत में मेला टालने को तैयार नहीं थे। लगभग दस हजार का नुकसान था। दिन करीब थे। इससे बेचैनी बढ़ रही थी। मस्तराम ही गुफ्तगू का एक मात्र जरिया था, लेकिन उसकी नीयत साफ थी। मेला वालों का साथ नहीं दे रहा था मस्तराम। मेरी तरफ से उन्हें जमकर जवाब देता था। बाज दफे झिड़क भी देता था, बाज दफे गुस्सा भी होता था। सेठ भूरामल ने बाबा के बारे में और मठ के बारे में जिस तरह की ओछी बात कही थी, मस्तराम का रोआँ-रोआँ उससे दहक रहा था। वह यों भी सेठों को गालियाँ देने में तेज था और इस बार तो बड़ी मुश्किल से मैंने उसे अपने काबू में रखा। बिचारी इमरितिया पैरों पड़ी, अपने कसम दे-देकर मस्तराम के गुस्से पर पानी सींचा, वर्ना वह सेठ बिर्धीचन्द को फाड़कर खा जाता!

पाँचवें दिन रानी साहिबा आ पहुँचीं।

मुझे पता चल गया था एक रोज पहले ही।

इमरितिया को समझा-बुझा दिया था।

रानी साहिबा अपनी समझदारी के लिए कई जिलों में मशहूर हैं। मेरे 'असहयोग' का कारण तो आनन-फानन में उनके दिमाग में दौड़ गया। भगत-भाइयों की मंडली ने, खास कर सेठों के प्रतिनिधि भूरामल ने बाबा की इज्जत के आगे घमंड की अपनी दीवार खड़ी कर दी थी और वे मठ की हस्ती को अनजाने ही धूल में मिलाने जा रहे थे। शिवनगर की रानी ने उनमें से एक-एक को झाड़ा, उनकी गल्तियों को उधेड़-उधेड़ कर उनके सामने रखा। सभी ने अपराध कबूल किया। सभी ने माना, वे गुनहगार हैं। सेठ बिर्धीचन्द ने समूची जमात की ओर से रानी साहिबा के चरणों पर अपनी पगड़ी डाल दी और कहा, "आप बाबा को मना दीजिए ! हम किस मुँह से बाबा के सामने जाएँगे। आप न आतीं तो बाबा रूठ कर जाने किधर निकल जाते ! फिर तो इस मठ का सत्यानाश ही हो जाता। जमनिया मठ के आदि पुरुष बाबा ही हैं, हम सभी उनके बच्चे हैं···बच्चों के अपराध बुजुर्ग नहीं तो और कौन क्षमा करेगा ?"

सेठ विर्धीचन्द की घिग्घी बँध गई थी, गालों पर आँसू ढुलक आए थे, भगौती उधर अलग सुबक रहा था। ठाकुर शिवपूजन सिंह रूमाल से आँखें पोंछ रहे थे।

हाँ, इमरितिया ने देखा था यह नजारा !

फिर रानी साहिबा ने अपने हाथों से मुझे लिखके भेजा और भक्त-मंडली की तरफ से क्षमा-याचना की। कहलवाया : "मैं भी सत्याग्रह करूँगी। खाना तो छोड़ ही दूँगी, पानी भी नहीं लूँगी। आप समाधि पर चाहे महीनों बैठें, लेकिन कम से कम फलाहार तो अवश्य लें। असाढ़ का मेला भी जमने दें। बाजार वालों से मेले की तैयारी या हवन-पूजन-लंगर आदि के लिए न एक दाना लिया जाएगा, न एक पाई ! कुल खर्चा इस बार शिवनगर स्टेट देगा। बस, अब आपकी कृपा चाहिए !"

छठे दिन, सबेरे ही मैंने मस्तराम को भेजा रानी के पास।

वह मठ की अतिथिशाला के उस खास हिस्से में ठहराई गई थीं जो श्रीमंतों के लिए ही तैयार हुआ था।

टोकरी-भर मोसंबी साथ लाई थीं। खुद से उन्होंने रस निकाला।

भरा हुआ चाँदी का गिलास रानी ने मेरी तरफ बढ़ाया। घूँट-घूँट करके धीरे-धीरे मैं वह पी गया !

और तब, असाढ़ की पूर्णिमा तक रानी साहिबा जमनिया रहीं।

मेला खत्म हुआ तो उन्होंने साधुओं को भंडारा दिया। वैसा शानदार भंडारा आज तक जमनिया के भठवालों को कहाँ किसी ने दिया !

पीछे उन्होंने भंडारा के लिए कातिक और वैशाख तय कर दिये। यह भी तय कर दिया कि बाबा को भंडारे के वक्त जमनिया में मौजूद रहना होगा !

अब भगवान ही जानता है, कितने कातिक और वैशाख बाबा जेल के अन्दर रहेगा !

मस्तराम

बाबा ने बहुत सोच-समझ कर मेरा यह नाम रखा मस्तराम ! उमर अभी चालीस भी नहीं हुई है। बड़े जमादार ने कई बार मुझसे कहा है—सन्त जी, तुम तीस-बत्तीस के नजर आते हो। बाल बढ़े हों, छाँटे-तराशे हों, दाढ़ी-मूँछ सफाचट हों और टेरीलीन का पेंट-बुशर्ट डाटकर खड़े हो जाओ, बीस-बाईस के नौजवान मालूम दोगे ! क्या सूरत पाई है, कैसा ढाँचा मिला है ! बड़े जमादार जब मेरे सामने से गुजरते हैं तो एकटक निगाहों से मेरे बदन की छटा को पीते हुए गुजरते हैं। लगता है, मस्तराम उनकी नजरों में हमेशा के लिए बस जाएगा।

लाल रंग की दो लँगोटियाँ जेल के ही दर्जी से सिलवाकर बड़े जमादार ने आज मेरे लिए भिजवा दी हैं। दो कम्बल और आ गए हैं। इन कम्बलों को देखकर जेल वालों की अक्ल पर मुझे हँसी छूटती है। उन्हें क्या पता कि मस्तराम के बदन की चमड़ी को जाड़ा-फाड़ा कुछ नहीं लगता है। हम तो मामूली कपड़ों में केदार-बद्री घूमे हैं। हमने गंगोत्री, यमुनोत्री, उतर काशी, टिहरी, चमोली, कर्णप्रयाग और रुद्रप्रयाग की गंगा में गोते लगाए हैं। बर्फानी जल से स्नान करते थे पूस, माघ में भी। मस्तराम को जाड़े ने कभी नहीं सताया। हाँ, चरस और गाँजे की तलब ने मस्तराम को सताया है। छटाँक-आधा पाव माल झोली में पड़ा रहे तो तबीयत मस्त रहती है···जो न पीवे गाँजे की कली, उस लड़के से लड़की भली···बम भोले की गली···अपनी तो तबियत चली···भली रे भली इन शब्दों को यों भी वक्त-बेवक्त दोहरा तो तो बदन में गर्मी दौड़ जाएगी। मुझे जरूरत नहीं पड़ेगी इन कम्बलों के इस्तेमाल की। बस आसन के तौर पर इन्हें काम में लाया जायेगा। जेल वाले चाहें तो मेरे

लिए दस कम्बल और डाल जाएँ ! कम्बलों के ढेर पर बैठकर मस्तराम विचार-सागर का पाठ किया करेगा।

सफाई का नाटक इतना कहीं नहीं देखा। जेल के अन्दर जहाँ देखो वहीं सफाई-सफाई का कोलाहल मचा रहता है। नालियों में ब्लीचिंग पाउडर छिड़कते ही रहते हैं। जहाँ-तहाँ फिनाइल की महक उठती रहती है। रात के वक्त जिस वार्ड के अन्दर मैं बन्द किया जाता हूँ उसमें दस और कैदी होते हैं। गोदामनुमा जेल-वार्ड बड़ी-बड़ी खिड़कियाँ रहने से नागवार नहीं लगता है। नागवार लगता है वार्ड के अन्दर की छोर पर पाखाना-पेशाब के बर्तनों का पड़ा रहना। शहरों में नये ढंग के पाखाने बनने लगे हैं। उनमें जरा भी गन्दगी नहीं रहती, न दुर्गन्ध की गुंजाइश ! सोने-बैठने वाले कमरे से बिल्कुल लगे हुए नये ढंग के वे पाखाने किसी के अन्दर घिन नहीं पैदा करते। अपनी जेलों के अन्दर हमारी सरकार क्या सफाई का नया इन्तजाम नहीं करवा सकती ? मैंने उस रोज सुकुल जी से कहा तो खैनी ठोंकते हुए वे बोले—"समाज के अन्दर जब तक भंगी-मेहतर रहेंगे, तब तक सफाई का यही सिलसिला चलता रहेगा।" इस पर सुकुल से मैंने पूछा—"तो हमेशा जेल के अन्दर भंगी-मेहतर रखने पड़ेंगे। ऐसा भी तो होता होगा कि कभी-कभी एक भी भंगी या मेहतर न रहता हो। दूसरी जातियों के कैदी और सब कुछ करेंगे, पाखाने नहीं साफ करेंगे तो अक्सर मेहतरों के अभाव में यहाँ सफाई का काम रुक जाता होगा ?"

इस पर सिपाही रामसुभग सुकुल भभाकर हँसे। हथेली पर सुर्ती तैयार थी। उसे होंठों के हवाले करके उन्होंने गोलाई में आँखें नचाईं और बोले—"नहीं महाराज, कभी मेहतर की कमी यहाँ नहीं होती। दो ठो, एक ठो हमेशा रहते ही हैं।"

मैंने कहा—"आप लोग जादू जानते हैं ! मिट्टी का मेहतर गढ़ लेते होंगे वही पाखाने की सफाई करता होगा ! कोई जरूरी है कि भंगी-मेहतर हमेशा नियमित तार पर अपराध करते चलें और गिरफ्तार होकर नियमित तौर पर पाखाने की सफाई के लिए जेल के अन्दर रहा करें ?"

सुकुल जी ने लाठी पटक कर कहा—"हाँ, ऐसा ही होता है ! जेल

के दफ्तर में चार्ट बना होता है, उसमें छोटी-बड़ी जेलों के अन्दर मेहतरों, मालियों, रसोइयों, हजामों की सजा की अवधि, छूटने की तारीख आदि के बारे में लिखा रहता है। उसी के अनुसार शहरों और देहाती इलाकों की छोटी-बड़ी कोतवालियों के दफ्तर भी इस बात का पता रखते हैं। गिरफ्तारियों के बाद ही अभियुक्तों या अपराधियों को निकटवर्ती शहरों की जेलों में भेज दिया जाता है। छोटी जाति वालों और आदिवासियों पर खास निगाह रखी जाती है। सचमुच का भंगी-मेहतर न हुआ तो दबाव डालकर आदिवासी से भी सेवा का यह काम लिया जाता है।"

मुझको एक बार किसी ने बतलाया था कि गाँधी महात्मा खुद ही पाखाने की सफाई का काम करने का जोर अपने चेलों पर डालते थे। इस पर ऊँची जातियों के उनके चेले बड़ी मुश्किल से राजी होते थे। मैं पाखाने की सफाई के इस मसले को एक वेदान्ती और औघड़ की दृष्टि से देखने की कोशिश करता हूँ। मल और मूत्र तो इसी शरीर से निकलते हैं, अपने चूतड़ों की सफाई कहाँ कोई भंगी से करवाता है? पाखाने की सफाई में क्या रखा है! अपनी गन्दगी साफ करने में हम खुद ही अपने भंगी-मेहतर का काम क्यों न करें? दिशा-फराकत से निबट आने के बाद या टट्टी और डोल-डाल से निबट आने के बाद हम साबुन या मिट्टी से हाथ धोते हैं, नहा कर कपड़े बदलते हैं, फिर अपने को पवित्र मानते हैं। पूजा-पाठ करने बैठते हैं या चौके में अन्दर बैठकर खाना खाते हैं। इसी तरह मेहतर भी सफाई का काम कर चुकने पर नहा-धो ले, कपड़े बदल ले, फिर हमारे साथ बैठकर वह पूजा-पाठ में क्यों नहीं शामिल होगा? आत्मा तो एक ही है, शरीर का चोला अलग-अलग हो सकता है।

यह बात मेरी समझ में कभी नहीं आई कि शास्त्रों में शूद्रों की उपमा शरीर के पैरों से क्यों दी गई, ब्राह्मणों को सिर क्यों बताया गया?

मैं स्वय ब्राह्मण के ही खानदान में पैदा हुआ था। बाप और चाचा मिलिट्री में थे। माँ अपने प्रेमी के साथ ऋषिकेश भाग आई थीं। उस वक्त तीन साल का बच्चा रहा हूँगा। बाद में सहारे के लिए मेरी माँ को दो-तीन जगहों पर रहना पड़ा। उचित निगरानी के अभाव में मैं कुछ

पढ़-लिख नहीं पाया और बारह साल की उम्र में ही आजाद हो गया, यानी माँ से अलग रहने लगा। लगातार पन्द्रह वर्ष चिमटा फटकारते हुए घुमक्कड़ी करता रहा। तीन-चार नौजवान घुमक्कड़ों की मेरी अपनी जमात थी। फिर उज्जैन और नागदा के इलाकों में छोटी-सी किसी मठिया में उपमहन्त के तौर पर तीन-चार वर्ष गुजारे। पिछले छः-सात वर्षों से जमनिया में रहने लगा हूँ।

सारी दुनिया को अपने से छोटा समझने का ब्राह्मणत्व वाला संस्कार मेरे अन्दर कूट-कूट कर भरा है। बाबा को अच्छी तरह मालूम है कि मस्तराम किसी भी वक्त अपना कमण्डल और अपनी झोली उठाकर चल दे सकता है।

उत्ती पिटाई की जरूरत नहीं थी। वह तो दुबला-पतला सड़ा-सूखा-सा साधू था, उसकी पीठ पर चालीस-पैंतालीस बार बेंत फटकारना मेरा पागलपन ही था···बात यह हुई कि पोखरा से एक नैपाली भगत ने बहुत दिनों बाद सेर-भर बढ़िया माल भेजा था। इतना बढ़िया, इतना तेज, इतना ताजा कि एक बार दम लगाने पर दिमाग काफी देर तक आसमान में चक्कर लगाता था। ऐसी मस्ती उफनती थी कि दीवाल में धक्का मारने की तबियत होती थी। शिकार की तृप्ति के बाद शेर की तरह आधी मुँदी आँखों से बेफिक्र लेटे रहने की तबीयत करती थी···उस रोज वह साधू अन्दर आया तो बाबा आरामकुर्सी पर बैठे थे। सबेरे नौ बजने का वक्त था, आँगन में बारह खम्भों वाले मण्डप में बाबा का आसन विराजमान था। मैं करीब ही बैठा था और जटाओं की गुच्छियों को हथेलियों से सहला-सहला कर चिकना बना रहा था।

आगन्तुक साधू ने सामने आकर बाबा को नमस्कार किया। बाबा उसकी ओर देखते रहे, कुछ बोले नहीं।

मैंने उससे कहा—"बोल, सच्चे दरबार की जय।"

साधू ने जवाब में कुछ नहीं कहा, बेवकूफ की तरह खड़ा रहा। मैंने इशारे से बतलाया—"बाबा के सामने साष्टांग मुद्रा में लेट जा!"

वह फिर भी खड़ा रहा।

अब मेरा गुस्सा भड़का। अन्दर जाकर मैं बेंत उठा लाया और पाँच

बार उसकी पीठ पर जोर की फटकार दी।

वह फिर भी खड़ा रहा।

मैंने चीखकर कहा—"अबे बोलता है कि नहीं! बोल सच्चे दरबार की जय।"

अब भी साधू हँसने लगा। अपने आप में बोला—"यहाँ तो सबकी खोपड़ी औंधी लगती है! मैं कहाँ आ गया!"···और बाबा की तरफ हाथ उठाकर उसने कहा—"आपने अपने दरबार में अच्छा गुण्डा पाल रखा है। लगता है आपके दरबार की सबसे बड़ी सच्चाई यह गुण्डई ही है···।"

इस पर मैंने गरज कर कहा—"ले, मैं तुझे समझा दूँ सच्चे दरबार की सच्चाई। मिनटों में असलियत जान जाएगा···।"

मैं लपक कर साधू की पीठ पर से नारंगी रंग वाली वह मोटी चादर हटाने लगा। उसने रुकावट नहीं डाली।

चादर हटाकर मैं तब तक उसकी पीठ पर बेंत मारता रहा जब तक वह ऐंठकर बिछ नहीं गया!

मुझे अब यह सोचकर भारी अचम्भा होता है कि बाबा ने अपनी आँखों से यह सब कैसे देखा? किस तरह कोई महात्मा किसी बेकसूर की पीठ पर पड़ने वाली वैसी पिटाई को अपनी आँखों देखता रहेगा? लेकिन इस तरह झूठ-मूठ की दया-माया उस वक्त बाबा के अन्दर नहीं पैदा हुई तो यह ठीक ही था। रहमदिल होना भारी कमजोरी होती है और कानून-कायदा तो बिल्कुल अचल ही हो जायगा, अगर रहम ने बीच में टाँग अड़ाई!

चालीस-पचास बेंत पड़ चुकने पर वह बेहोश हो गया तो बाबा ने जटाएँ समेटकर गले में लपेट लीं, उठकर मेरे पास आए। नीचे की अँगनई में आने के लिए उन्हें बारह पहलू वाले मण्डप से तीन सीढ़ियाँ उतारना पड़ा।

आहिस्ते से बाबा ने मेरी बाँह पकड़ी। गुस्से में मेरे नथने फड़क रहे थे, होंठ काँप रहे थे, निगाहों में लाली उतरा रही थी, कपार की रगें फूल उठी थीं। बाँहों में बिजली की हरकत आ गई थी।

"मस्तराम !" बाबा ने गम्भीर होकर कहा—"चलो, अन्दर चलो ! अब इस पागल पर रहम करो ।"

और खींचकर बाबा मुझे मठिया के अन्दर ले गए थे ।

इमरितिया यह सब देख रही थी । उसने बाबा के कानों में होंठ सटाकर कुछ कहा ।

बाबा ने स्वीकार की मुद्रा में माथा हिला दिया ।

बाबा ने मुझे भी उस वक्त छुट्टी दे दी । कहा—"अपने आसन पर जाकर आराम करो !"

दुपहरी ढल चुकी थी, तब जाकर मुझे मालूम हुआ कि पिटाई खाने के बाद साधू मुश्किल से आधा घण्टा वहाँ रहा । फिर जाने कहाँ चला गया, पता नहीं लगा ।

मैंने इन हाथों से हजार-हजार बार श्रद्धालु जनता की पीठों पर बेंतें फटकारी होंगी । मगर उनमें से कहाँ कोई अदालत-कचहरी गया ? अकेले इसी को लगी थी क्या ? मुझे शक है, यह आदमी साधू नहीं होगा । सी० आई० डी० का आदमी रहा होगा कि आखिर किसी पार्टी-वार्टी का सिर-फिरा मेम्बर जो बाबा को यों ही परेशान कर रहा है ।

वारंट का कागज लेकर चार सिपाही और एक सब-इन्सपेक्टर मठ के अन्दर पहुँचे तो हमें यकीन नहीं हुआ कि वे किसी खास मतलब से आये होंगे ।

भगौती दर्जा दस तक पढ़ा है । चालीस की उमिर में स्कूली विद्या तो जरूर ही भूल-भाल गया होगा, लेकिन कामचलाऊ अंग्रेजी वह जानता है । वारण्ट का सरकारी कागज भगौती ने ही देखा । उसने दारोगा साहब से अलग अकेले में कुछ देर बातचीत की । दारोगा की राय हुई कि बाबा को गिरफ्तार होने में आनाकानी नहीं करनी चाहिए । साथ ही अभि-युक्तों में मेरा और इमरितिया का भी नाम था ।

तय हुआ कि खा-पीकर दो बजे के बाद हमें मठ से निकलना चाहिए ।

पास-पड़ोस में डेढ़-दो मील के अन्दर तीन गाँव हैं—केरवनिया, लखनपुरा, मझगाँवा । कानों-कान गिरफ्तारी की बात फैल गई । लोग इकट्ठे होने लगे । उनमें बच्चों और औरतों की संख्या ज्यादा थी ।

भगौती ने दारोगा साहब से कहा—"बाबा और किसी सवारी पर चलते नहीं हैं। या तो पैदल जायेंगे या तो फिर डोली का इन्तजाम होगा।" मेरे दिमाग में एक नई बात सूझी···आठ जने पलंग उठाकर चलेंगे, बाबाजी उसी पलंग पर विराजमान रहेंगे। लेकिन यह बात पुलिस वालों ने नहीं मानी। डोली भी कबूल नहीं की गई। आखिर खाँचे में बैठाकर बाबा थाना पहुँचाए गए। लोगों को यकीन नहीं हो रहा था कि बाबा सचमुच ही किसी जुर्म में गिरफ्तार हुए हैं। सबने कहा कि जेल-जीवन की मौज उठाने के लिए बाबा ने यह लीला फैलाई है। बेंत की चोट खाकर कोई अदालत तक पहुँच सकता है इसकी कल्पना सीधे-सादे लोगों को नहीं थी।

भगौती ने यहाँ जेल के बाहर, थोड़ी दूर पर एक मकान ले लिया है भाड़े पर। अब वहीं से खाना बनकर हमारे लिए आने लगा है। यह इन्तजाम जरूरी था। कैसा भी हो, जेल की रसोई का खाना रद्दी ही होगा···परसों से खाना आने लगा है। कल मखाने की खीर आई थी। आज मालपूआ आया था। सब्जी में आलू-गोभी थी। जब से जेल का खाना चला, गोभी नजर नहीं आई। यों इशारा पाकर बड़ा जमादार महँगी से महँगी सब्जी का इन्तजाम बाबा के लिए करवा सकता था। सबेरे सूजी का हलवा और समोसे आए थे। अब हमारे कपड़े भी धुलकर वहीं से आ जाएँगे। थर्मस में चाय भी आने लगी है। आज शाम को बालूशाही और रसगुल्ले के लिए कह दिया गया है।

बाबा को इतने-भर से सन्तोष तो होगा नहीं।

वह जेल में भी रहेंगे तो शाही ठाठ से रहेंगे। यहाँ भी भोज-भण्डारे का सिलसिला चलाना चाहेंगे। समूचा जेलखाना बाबा का अपना परिवार हो जाएगा।

कल से मेरी पुरानी ड्यूटी फिर शुरू हो जायगी। हाँ, यहाँ भी बेंत से पीठ छुआकर दुआ देने का सिलसिला चालू होगा। मैं मंजूर नहीं कर रहा था, बाबा भी राजी नहीं हो रहे थे, लेकिन बड़ा जमादार कई दिनों से अपनी जिद्द पर अड़ा हुआ है। कल मंगलवार है न, पाँच जने अपनी-अपनी पीठ बेंत से छुआयेंगे। उनमें से दो जेल के दफ्तर में काम

करने वाले बाबू हैं। एक बड़ा जमादार खुद और एक उसका बड़ा लड़का और एक रामसुभग सुकुल। इस तरह पाँच भक्तों की पीठों पर मस्त-राम को कल उसी तरह बेंत से हल्के-हल्के छू देना होगा···आज सबेरे कई दिनों के बाद हमारा मिलना हुआ। बाबा ने हिदायत दी है देखो मस्तराम फिर उसी तरह का बचपना नहीं करना ! रस्मी तौर पर पीठ को बेंत से छू-भर देना ! कहीं ऐसा न हो कि तुम्हें फिर बेंत फटकारने में मजा आने लगे और जोश में आकर कहीं फिर तुमने किसी की पीठ उधेड़ दी तो भारी बदनामी होगी ! फिर कोई तमाशा न खड़ा करना मस्तराम !

मैं सब समझता हूँ। नीम की मामूली टहनी-जैसी हल्की-पतली एक बेंत आई है। मारने पर भी वह चोट नहीं करेगी। फूल के डंठल से या तिनके से जिस तरह चोट पहुँचाई जा सकती है, उतनी ही चोट पहुँचेगी।

यह तो अपने-अपने मन की भावना से सम्बन्ध रखता है। हमने तो यहाँ किसी से नहीं कहा कि अपनी पीठ पर बेंत लगवाओ। लोग खुद ही पीछे पड़ गए हैं। इनमें पढ़े-लिखे लोग भी हैं। जेल के दपतर में काम करने वाले वे दोनों बाबू पढ़े-लिखे हैं। एक तो बी० ए० तक की विद्या हासिल कर चुका है, दूसरा इण्टर तक पढ़ा है। एक ब्राह्मण है, दूसरा राजपूत। इन दोनों से कौन कहने गया था कि अपनी पीठ पर बेंत लगवाओ, मैंने तो नहीं कहा था। जमनिया में भी कभी किसी से मैंने इस बारे में नहीं कहा। लोग खुद ही अड़ जाते थे। लगता था बेंत नहीं पड़ेगी पीठ पर तो पेट का खाना हजम नहीं होगा इनका ! अब वही बीमारी यहाँ जेल के अन्दर पहुँच गई। हाँ, बीमारी ही कहो···मान लो बड़े जमादार की पतोहु अड़कर बैठ जाय तो उसकी पीठ पर जोरों से नहीं मारोगे ? नहीं पतली टहनी से क्या होगा ! जवान और निपूती औरत की पीठ पर जमकर नहीं पड़ेगी तो उसका जी कैसे भरेगा ?

नहीं, यह सब कुछ नहीं करेगा मस्तराम। अब की वह बहकावे में नहीं जाएगा। लोग बहुत परेशान करेंगे तो मस्तराम जेल की दीवार कूद-कादकर भाग जाएगा। वह जमनिया के बाबा को हमेशा के लिए छोड़कर चला जाएगा। मस्तराम की मरजी के खिलाफ बाबा कोई काम

उसमें नहीं ले सकते…

अब दो-चार दिनों के लिए सेल का एकान्त निवास मुझको भी नसीब हुआ है। घण्टे-भर बाद सुकुल की ड्यूटी होगी तो दम लगेगा। पुराने कैदियों में से दो इसके शौकीन हैं। उनमें से एक का नाम संजीवन है। मिर्जापुर जिला का रहने वाला बड़ी-बड़ी मूँछों वाला अधेड़ डाकू संजीवन सिंह। मिर्जापुर के जंगली इलाकों से लेकर रीवाँ और सतना तक उसका नाम अब भी भूले नहीं हैं। बड़े जमादार ने संजीवन को हुकुम दे रखा है—"बाबा मस्तराम की सेवा करो, तुम्हारे सारे मनोरथ पूरे होंगे। जभी फुर्सत मिले, तभी इनकी टहल में आकर लग जाओ… शुरू-शुरू में दो-चार बार यही संजीवन मेरे लिए चरस और गाँजे की जुगाड़ करता था। दो-एक बार कपड़े भी मेरे धो चुका है। हम कई दिन एक ही वार्ड के अन्दर रात को बन्द होते थे। संजीवन ने मेरे पैरों की चम्पी की है। समूचे बदन की चम्पी करवाना मुझे अच्छा नहीं लगता। लेकिन श्रद्धा के मारे तुम्हारे पैरों को कोई चाँपने ही लग जाय तो क्या करोगे ! संजीवन से उसकी जिन्दगी के बारे में मैंने अब तक कुछ नहीं पूछा। बेकार है सब पूछना ! वही लूट-खसोट, वही छीना-झपटी, वही जंगलों में छिपते फिरना, रेगिस्तान में भटकने वाले अरबी बंजारों की भाँति चेहरे को कपड़े से लपेटकर, सिर्फ आँखों को खुली रखना…यह सब तो बिना पूछे भी मालूम किया जा सकता है। लेकिन संजीवन मेरा आदेश पाकर कुछ भी कर सकता है। यह पक्का चेला बन सकता है मेरा। लेकिन अभी दस वर्षों तक मैं किसी को चेला नहीं बनाऊँगा। अभी तो मैं खुद ही पट्ठा हूँ।

नहा-धोकर, तिलक-चन्दन करके बड़े सिपाही यानी जेल के हेड-कानिस्टिबिल साहब सबेरे आठ बजे मेरी सेल के सामने डट गए हैं। आस-पास छः-सात कुर्सियाँ लग चुकी हैं। नीम के दरख्त से लगा हुआ सामने वाला छोटा चबूतरा यहाँ कैदियों के लिए तीर्थस्थल का काम करता है। पेड़ से लगे हुए दो बाँस खड़े हैं जिनकी छोरों पर लाल पताकाएँ फहराती रहती हैं। शनिवार और मंगलवार को इन बाँसों पर कोई न कोई सिंदूर मसल जाता है, मालाएँ चढ़ा जाता है और अगरबत्तियाँ

जला जाता है। मेरे लिए आज यह पहला शनिवार है। बजरंगबली का नाम लेकर आज का दिन शुरू हुआ। पीठों में पाँच बार छड़ी छुआकर आशीर्वाद देने की जिम्मेदारी यहाँ भी मुझ पर ही पड़ी है। संकटमोचन हनुमान जी की कृपा बनी रही तो बाबा को जल्दी ही छुटकारा मिल जायेगा…"आइए, जमादार साहब ! मैं सबेरे हनुमान चालीसा का पाठ कर चुका हूँ। बेंत को गंगाजल से धो-पोंछकर कल शाम को ही रख लिया था। फूल और नैवेद्य और अगरबत्ती सुकुल जी रख गए हैं। लेकिन आपने कहा था, पाँच जन आशीर्वाद लेंगे। वे कहाँ हैं ?"

"जी, सन्तजी ! आ चले सब लोग। उन्हीं के लिए कुर्सियाँ लगी हैं।" बड़ा जमादार इतना कहकर सहज भाव से अपनी बड़ी मूँछों पर दाहिने हाथ की उँगलियाँ फेर रहा है।

पाँच मिनट के अन्दर ही कुर्सियाँ भर गई हैं, चारों।

मैं पीले रेशम के टुकड़े में लिपटी हुई बेंत की उस नन्हीं-पतली छड़ी को सामने रख लेता हूँ। पालथी लगाकर बैठा हूँ। साखू के ताजे पत्तों से बनी हुई तीन पत्तलें मेरे सामने हैं। एक पर फूल और मालाएँ, अच्छत-रोली हैं। दूसरी पत्तल पर नैवेद्य की मिठाइयाँ और तराशे हुए फल सजे हैं। तीसरी पत्तल पर रेशम में लिपटी हुई वही आशीर्वादी छड़ी है।

सिपाही रामसुभग सुकुल मानो घड़ी देखकर ठीक वक्त पर आ गया है। नौ बजने वाले हैं और सुकुल ने अगरबत्तियाँ जला दी हैं। चन्दन की खुशबू तबीयत को मस्त करने लगी है।

मैसूर-बंगलौर का माल होगा। वहाँ चन्दन का तेल, साबुन, अतर, फुलेल सब कुछ तैयार होता है।

एक बार भगौती का छोटा दामाद कानपुर से चन्दन की टिकिया ले आया था। मुझसे उसने कहा था—"मस्तराम बाबा, डेढ़ रुपये का यह साबुन इस बार हम आपके लिए ले आए हैं, फेंक नहीं दीजिएगा।"… गजब की टिकिया थी।

दूसरी बार मेरे गालों की फुंसियों में लगाने के लिए लालता प्रसाद चन्दन का तेल लाए थे। दो बार या तीन बार लगाया होगा वह तेल, फिर कभी इन गालों पर फुंसियाँ नहीं हुईं। तब से मैं मैसूर-बंगलोर के

चन्दन वाले मालों का प्रोपगण्डा करता आया हूँ।

लो, मैंने मौन धारण कर लिया! दस-पन्द्रह मिनट लगेंगे। इससे अधिक नहीं लगेगा!

इशारे से बड़े जमादार को नजदीक बुला लेता हूँ। बेंत को पाँच बार हवा में उछालता हूँ और फिर उसे पत्तल पर रख लेता हूँ। पवित्र जल छिड़ककर अच्छत, सिन्दूर, फूल चढ़ाकर बेंत की पूजा करता हूँ। होंठों से रामायण की चौपाइयाँ बुदबुदाता रहता हूँ। बड़े जमादार के गले में इकहरी माला डालता हूँ और उसके कपार में रोली और अच्छत का टीका देता हूँ।

बड़ा जमादार दोनों हाथ जोड़कर कन्धों को झुकाकर, सामने उकड़ूँ बैठा है। मैं आहिस्ते-आहिस्ते उसकी पीठ पर पाँच बार उस नन्हीं पतली बेंत से जरा-जरा-सी छू देता और रुक जाता हूँ।

जमादार सिर उठाकर उलाहना-भरी आवाज में कहता है—"मस्तराम बाबा, यह तो कुछ नहीं हुआ! रत्ती-भर भी मालूम नहीं पड़ा कि आप आशीर्वाद दे रहे हैं!"

मुझे बाबा की दी हुई हिदायत अच्छी तरह याद है। यों भी होशोहवाश दुरुस्त हैं। सात्विक वातावरण और सेल का एकान्त जीवन अपना जादू बिछाए हुए हैं। उँगली के इशारे से बड़े जमादार को चुप रहने का आदेश देता हूँ।

इसी तरह बाकी चारों को भी बेंत की हल्की छुवन से आशीर्वाद मिलते हैं। एक-एक को पाँच-पाँच वार।

संकेत पाकर सुकुल प्रसादी बाँटता है। मैं नीम वाले चबूतरे पर पहुँचता हूँ। ध्वजा के बाँसों पर अच्छत, रोली, फूल चढ़ाता हूँ। पेड़ की तीन बार परिक्रमा करता हूँ। फिर अपने आसन पर वापस आकर अंगोछे से बेंत को अच्छी तरह पोंछता हूँ। उसे रेशमी टुकड़े में लपेटकर रख देना है। अगले शनिवार तक बेंत की यह छड़ी विश्राम करेगी।

सुकुल ने कहा—"अब आप भी प्रसाद लीजिए।" और मैं बर्फी के टुकड़े टपाटप मुँह के अन्दर डाल लेता हूँ।

एक गिलास पानी चढ़ाकर इत्मीनान से बैठता हूँ।

दफ्तर के बाबुओं ने भी शिकायत की है, आशीर्वादी बेंत इतनी हल्की नहीं पड़नी चाहिए···

ठहाका लगाकर हँसने का मेरा जी करता है ! कैसे भोले होते हैं हमारे देश के लोग ! इनकी पीठ पर कोई साधू-महात्मा जमकर बेंत फटकारे, तभी बेचारों की तबीयत भरती है ।

लेकिन वह साधू हमारे देश की इस मिट्टी से नहीं पैदा हुआ है क्या ? जमनिया के बाबा की आशीर्वादी बेंत खाकर इससे पहले कोई आदमी हाकिम से शिकायत करने नहीं गया·· लगता है, यहाँ भी आशीर्वाद का यह सिलसिला जोर पकड़ता जाएगा ! नहीं पकड़ेगा जोर ? जरूर पकड़ेगा ! तो फिर बेटा मस्तराम, क्या करेगा तू ? कहीं ऐसा न हो कि तेरी मस्ती के चलते बाबा को किसी और झमेले में फँसना पड़े ।

मुझे पढ़े-लिखे लोगों से बड़ी नफरत है । मैं जान-बूझकर इनसे बातें नहीं करता हूँ । दफ्तर के दोनों बाबू थोड़ी देर इस इन्तजार में बैठे रहे कि ज्ञान-ध्यान की कोई बात करूँगा ! लेकिन नहीं, मैंने बड़े जमादार से कह दिया है—"रात नींद नहीं आयी ! अभी खाना खाकर शाम तक सोने का इरादा है।"

बड़ा जमादार प्रणाम करके जा रहा है । बाकी चारों कुर्सियाँ भी खाली हो गईं ।

खाना वक्त पर नहीं आया, आधा घण्टा देर हुई । यह देर-सबेर तो लगी ही रहेगी। सारी जिन्दगी थोड़े यहाँ गुजारना है । हद से हद चार-छः महीने तक मुकदमा चलेगा । फिर या तो छूट जाएँगे या किसी और जेल में भेजे जाएँगे सजा काटने के लिए।

हमारे सुख और सुविधा के लिए भगौती ने सौ रुपया भाड़ा देकर बाहर एक मकान लिया है । आराम और तन्दुरुस्ती के लिहाज से मठ वाले बाबा के नाम पर जितना खर्च करें, थोड़ा ही है । यह मठ यानी जमनिया का महन्थी दरबार इस बाबा की ही सृष्टि है। यह कोई पुराना धर्म-स्थान नहीं है । किसी पुराने महन्थ या धर्माचार्य ने यहाँ गद्दी की स्थापना नहीं की थी । यह सारा तमाशा इसी बाबा का खड़ा किया हुआ है । कुल जमा बारह वर्षों का वक्त होता है । इसी में जमनिया के बाबा

का महन्थी दरबार दुनिया के सामने उभर आया है···।

भगौती, लालता, सुखदेव वगैरह दरअसल बड़े लालची दरबार के जीव हैं। मुझे इनकी हरकतें कभी-कभी तो बेहद नागवार लगती हैं। बाबा मेरी नाराजगी को भाँप जाते हैं, फिर चार, छः, दस रोज मुझ पर निगरानी रखते हैं। कोई बन्दिश नहीं, कोई मनाही नहीं, कोई नुक्ता-चीनी नहीं, बस प्यार की निगरानी···।

इमरितिया आज शाम तक छूट जाय शायद ! जमानतदार मिल गया न शायद ! शायद, वह अभी ग्यारह बजे कचहरी में हाजिर हो जाएगा··· अच्छा है ! बाहर जाय बिचारी। इन आठ-दस दिनों में पीली पड़ गई होगी···मेहतर ने बतलाया था उस दिन, शुरू-शुरू में दो-तीन रोज तक उसने कुछ नहीं खाया। बाद में थोडा-थोड़ा टूँगने लगी थी। बड़े जमादार से कहकर हमने उसके लिए कई बार बाहर से नमकीन और मिठाइयाँ मँगवाने का इन्तजाम किया था। दो-एक बार फल भी भिजवाए थे··· लेकिन जेल-जीवन का आतंक उस पर पहले दिन से ही सवार हो गया। वह बाहर निकलेगी, तभी खाएगी-पिएगी।

इन दिनों आत्माराम धुएँ की सवारी पसन्द नहीं करते हैं। जयनगर की तरफ से एक नैपाली भगत ने बहुत बढ़िया भंग भिजवायी है। भगौती बादाम, काली मिर्च, वगैरह ले गए थे परसों। बूटी छानने में सिपाही रामसुभग सुकुल को काफी दिलचस्पी रहती है। दोनों वक्त छनने लगी है। एक ही कमी है यहाँ। नहाने का अच्छा प्रबन्ध नहीं है। बूटी छान-कर दस-बीस बाल्टी पानी न डालो बदन पर तो जाने कैसा-कैसा लगता है ! या फिर बम्वे के नीचे बैठकर पन्द्रह-बीस मिनट तक लगातार माथे पर जलधारा गिरती रहे। जमनिया में पानी की किल्लत नहीं है। मध्य प्रदेश में भी पानी का सुख था। जेल तो साली जेल ठहरी। यहाँ तो जैसे-तैसे वक्त गुजारना पड़ेगा। यह अच्छा हुआ कि बाबा को नहाने के लिए काफी जल मिल जाता है। बाबा के शरीर में बड़ी गर्मी है। वैसे शरीर के लिए पचीस-पचास बाल्टी पानी चाहिए। जमनिया में हमारे मठ के अन्दर चार बड़े-बड़े कुएँ हैं। एक में बिजली का इंजिन फिट है। उस कुएँ की बदौलत पचासों एकड़ हरे-भरे रहते हैं। बाबा के दरबार

की हरियाली जिले-भर में मशहूर है। इस वर्ष शायद दूसरे कुएँ में भी बिजली लग जाय। यह सब भगौती और लालता की हिकमत पर निर्भर करता है। वे अगर बाबा को इस मुकदमे से बरी करवा लेते हैं तो मठ का नुकसान नहीं होगा। अगर बाबा को साल-दो साल के लिए सजा हो गई है तो मठ की इज्जत को भारी धक्का लगेगा।

कल शाम को लगभग छः बजे इमरितिया को हवालात से बाहर निकाला गया। भगौती उसे रिक्शे पर ले गए। शायद, अभी कुछ दिनों तक इमरितिया टाउन में ही रहे। क्या बुरा है ? मकान ले ही लिया गया है। खाना पकाने के लिए एक बाभन देवता की भी बहाली हो चुकी है। मुकदमे के चलते भगौती और लालता को बार-बार शहर आना पड़ता है। फिर क्या दिक्कत होगी इमरितिया को ? हाँ, जेल की ऊँची-ऊँची दीवारों के अन्दर उसकी तबीयत इधर बुरी तरह घुट गयी होगी। जमनिया लौट जाने से उसके दिल को भारी तसल्ली मिलेगी। शहराती छोकरी होती तो शायद रह भी जाती।

सुकुल ने बतलाया है, कल से बाबा समाधि पर बैठेंगे। तीन दिन तीन रात ध्यान लगा रहेगा। कोई मिल नहीं सकेगा। खाने के लिए फलों की व्यवस्था रहेगी। दूध-दही चलेगा। परदे की आड़ से थाली अन्दर खिसकाकर रख दी जाएगी। दूध-दही के कटोरे, पानी का लोटा, शहद की बोतल···सब चीजें इसी तरह परदे से अन्दर की ओर बढ़ा दी जाएँगी। इस अरसे में कोई मिलने नहीं पाएगा।

जमनिया में पन्द्रह-पन्द्रह दिनों के लिए बाबा की समाधि लगती थी। मुझे छोड़कर किसी को अन्दर नहीं जाने दिया जाता था। यहाँ भी मेरी जरूरत पड़ सकती है। लेकिन नहीं, बाबा अकेले ही काम चला लेंगे। सेल जितनी छोटी जगह में साधना नहीं चल सकती। इसी से अब तक यहाँ जेल के अन्दर बाबा की समाधि नहीं लगी। इतने दिनों के बाद अब कहीं उनके लिए एक अच्छी जगह खाली की गई है। आज शाम तक बाबा पोलिटिकल वार्ड वाले कॉटेज में चले जाएँगे। उसमें दो बड़े-बड़े कमरे हैं, बरामदा है और छोटी-छोटी तीन कोठरियाँ अलग हैं, रसोई आदि के लिए। पखाना है, नहाने की कोठरी है। आगे आँगन है, पीछे

बगीची है। कुल मिलाकर बड़ी अच्छी जगह है। बाबा को यहाँ आराम रहेगा।

यह कॉटेज अंग्रेजी अमलदारी में उन स्वराजी नेताओं के लिए तैयार हुआ था जो बड़े खानदान या ऊँची हैसियत के होते थे। इस कॉटेज में कृपलानी जी रखे गए थे। सिब्बनलाल सक्सेना और किदवई साहब भी इसमें रह चुके हैं। बड़े जमादार के पास इस कॉटेज की ढेर-सी सारी कहानियाँ सुरक्षित हैं। कोई भी उन्हें सुन सकता है।

मैं चाहता तो बाबा के साथ कॉटेज में आराम से रह सकता था। लेकिन मैं कॉटेज में बाबा के साथ नहीं रहूँगा। जेल वाले मन ही मन हँसेंगे और आपस में कानाफूसी करेंगे। कहेंगे कि मस्तराम पेटू है, इसकी सधुअई जीभ पर टँगी है। खाने-पीने की चीजों पर हाथ साफ करने के लिए बाबा से चिपका हुआ है। इस तरह की बातें कैदियों में भी होंगी, सिपाही लोग भी इसी तरह की बातें करेंगे! मस्तराम सब समझता है। वह बाबा की टहलदारी के लिए तैयार है। लेकिन इस तरह की बातें वह नहीं सुनेगा।

मैं, यानी मस्तराम वैरागी, अक्खड़ जरूर हूँ, भुक्खड़ नहीं हूँ।

यहाँ जेल के अन्दर देख रहा हूँ कि एक प्याज के लिए लोग जान देते हैं, छोटी-सी हरी मिर्च कैदियों का ईमान डिगा देती है। किसी को तुम मिस्री की डली दिखला दो, वह दुम हिलाने लगेगा। आधा गिलास छाछ हासिल करने के लिए यहाँ महाभारत मच जाता है···ऐसी हालत में अब बाबा के साथ कॉटेज के अन्दर कौन रहना चाहेगा ?

मैं अगर कभी बाबा के पास जाऊँगा भी तो काम करके तुरत-फुरत लौट आऊँगा। एक गिलास पानी भी वहाँ नहीं पिऊँगा। वहाँ, जमनिया में, मठ के अन्दर और बाहर भी कोई कमी नहीं रहती थी। दूध-दही, मेवा-मिष्ठान, फल-फूल ढेरों मिलते थे। सूती और ऊनी कपड़े एक से एक सुन्दर थे, लेकिन मस्तराम हमेशा संयम से काम करने का आदी रहा है।

एक बार झरिया का एक गुजराती सेठ आया। उसने बाबा को पाँच सौ रुपये की सफेद ऊनी चादर ओढ़ा दी। अगले ही दिन इमरितिया

पशमीने की वह चादर मेरे सामने ले आई। बोली—"बाबा का हुकुम है, मस्तराम, यह चादर तुम्हें ओढ़नी ही पड़ेगी !" मैंने उसे वापस भेज दिया। बाबा नाराज हुए तो आठ-दस रोज मुझसे बोले नहीं। लेकिन, मैं भी डटा रहा। मेरी दलील ऐसी लचर नहीं थी कि उसे कोई हँसकर उड़ा देता…।

सेवक और शिष्य की भी एक मर्यादा होती है, छोटे भाई और बेटे, भतीजे की भी एक मर्यादा होती है। आप अपने इस्तेमाल की चीजें तरंग में आकर सेवक, शिष्य, पुत्र, अनुज को दे डालते हैं और वह बे-झिझक अपने लिए उसका उपयोग शुरू कर देता है। लोगों में कानाफूसी होने लगती है—इन लोगों का धन्धा ही यही है। मस्तराम जैसे फक्कड़ साधू पर कोई महन्थ खुश हो और खुशी की झोंक में आकर हजार रुपये वाली अपनी कलाई घड़ी उतारकर मस्तराम की कलाई में बाँध दे तो मस्तराम क्या करेगा ?

मस्तराम यही करेगा कि वह कलाई-घड़ी खोलकर महन्थ जी के सामने रख देगा, हाथ जोड़कर कहेगा—"महाराज, सौ-पचास की होती तो अपने काम की होती। यह तो अपने काम की नहीं है ! महन्थ अगर समझदार होगा तो दुबारा जिद नहीं करेगा। वह चुपचाप अपनी कलाई घड़ी वापस ले लेगा।"

बाबा कल से समाधि लगाएँगे। बड़े जमादार बाबा की सेवा-टहल के लिए दो-तीन पुराने कैदियों को बाबा की सेवा में बहाल कर चुके हैं। जिलाधीश से बाबा को इस प्रकार शाही कैदी की तरह रहने की विशेष अनुमति मिली है। बाबा चाहें तो अब रोज भण्डारा दे सकते हैं, पूजा-पाठ, भजन, आरती सब कुछ मठ की तरह चल सकता है।

चल तो सकता है सब कुछ, मगर जमनिया से लाकर आखिर कितनी रकम खर्च की जा सकती है यहाँ पर ? हाँ, यह हो सकता है कि यहीं टाउन के अन्दर बाबा के नाम पर दस-बीस सेठ तैयार हो जाएँ ! और, लगता है, यही होगा। भगौती ने समझ-बूझकर ही तो मकान लिया है भाड़े पर। सुकुल बता रहे थे कि शेर छाप गेरुआ झण्डा उस मकान की मुंडेर पर फहरा रहा है। यह शेर छाप गेरुआ झण्डा जमनिया के महन्थी

दरबार का खास अपना झण्डा है। शेर अपना काम कर रहा होगा। बाबा ने भी अपनी साधना शुरू कर दी है।

भगौती मुझको सनकी समझता है। समझता है, इस मस्तराम को क्या चाहिए ? चरस, गाँजा, मस्ती के लिए और दो-एक सामान···खाने के लिए तर माल···और क्या चाहिए मस्तराम को ? भगौती मुझसे बहुत सारी बातें छिपाए रहता है, लेकिन काम की बातें मेरे कानों तक आ ही जाती हैं।

कहते हैं, मुकदमा चार महीने तक चलेगा। ज्यादा भी जा सकता है। कितना भी जोर लगावें भगौती और लालता, छुटकारा तो नहीं ही मिलेगा। साल-छः महीने की सजा हो के रहेगी। अभी तो खैर केस ही नहीं खुला है। दस-पन्द्रह दिनों के अन्दर पहली पेशी होने वाली है। उस साधू की तरफ से काफी जोर लगाया जा रहा है। गवाह खोजे जा रहे हैं। चन्दा उगाहा जा रहा है। वकील कागज-पत्तर ठीक कर रहे हैं। तो हमारा भगौती भी बैठा नहीं है। वह काफी दौड़-धूप कर रहा है। भगौती और लालता के रिश्तेदार लखनऊ और दिल्ली तक सरकारी दफ्तरो में अड्डा जमाए हुए हैं। सिफारिश और पैरवी में कमी नहीं होगी।

उस साधू की पीठ का फोटो लखनऊ में छपा है। डाक्टर ने दवा लगाकर ड्रेसिंग कर दी थी और समूची पीठ का फोटो ले लिया गया था। वही अखबार में छपा है। हमें जेल के छोटे बाबू ने बताया है। कह रहे थे—"चेहरे की तरफ से फोटो छपा होता तो हम आपके लिए वह अखबार लाइब्रेरी से मंगवा लेते। पीठ देखकर क्या कीजिएगा ?"

हाँ पीठ देखकर कोई क्या करेगा ! लेकिन यह तो है ही कि वह कोई मामूली साधू नहीं है। उसकी भी पहुँच लखनऊ तक है, वर्ना कौन किसकी पीठ का फोटो छापता है। पिटाई खाने के बाद सीधे जिला कचहरी पहुँचकर हाकिम के सामने खड़ा हो गया ! जाहिल-जपाट होता तो इतनी हिम्मत कहाँ से आती।" जरूर वह पढ़ा-लिखा साधू होगा। बी० ए०, एम० ए० पास, दुनिया-जहान घूमा हुआ। पड़ोस के जिले में गरीब किसानों और खेत-मजदूरों के लिए उसने जमींदारों से लोहा लिया था।

ऐसा सुना है। इसका मतलब तो यही हुआ कि वह साधू भले हो, लेकिन होगा लीडर टाइप का कड़ियल इन्सान। जरूर ही जान-बूझकर हमारे हाथों वह इतनी पिटाई खा गया, हमें अपनी मस्ती का सबक सीखने का मौका दे गया।

सब पढ़-लिख जाएँगे और आराम का जीवन बिताने लगेंगे और गाँव-गाँव के अन्दर सुख और सम्पदा के सामान सुलभ होंगे और अपनी-अपनी मेहनत का कई गुना फल लोगों को हासिल होने लगेगा, फिर बाबा के दरबार में आशीर्वादी बेंत की फटकार खाने के लिए क्यों कोई आएगा ?

"आइए सुकुल जी ! आपको देर हो रही थी, मैंने छान ली है। आपके लिए रख छोड़ी है। काली मिर्च खत्म हो गई थी। कल आ जाएगी। लीजिए आज फीकी ही छानिए !" मेरी यह बात सुनकर सिपाही राम-सुभग सुकुल दाँत निपोड़कर मुस्कराने लगता है। कहता है—"सबेरे ही बतला दिया होता तो आ गई होती ! नहीं आई होती ?"

"अरे सुकुल जी, मैं भारी भुलक्कड़ आदमी हूँ। लेकिन बिना काली मिर्च के भी भंग बुरी नहीं लगती है। लगती है बुरी ?"

"बुरी तो नहीं लगती है, फीकी जरूर लगती है।"

"तो, फीकापन अपने आप बुरा नहीं हुआ ?"

सिपाही रामसुभग सुकुल भभाकर हँसता है। सेल के अन्दर एक ईंट पर कोने में साखू के पत्ते का दोना दिखाई दे रहा है। दोने में भंग की गोली है।

सुकुल को मालूम है। वह चार कदम सेल के अन्दर जाकर दोना उठा लाता।

अब वह कुएँ का ताजा पानी लाएगा। आधा लोटा पानी गटक जाएगा भंग की गोली के साथ। दो मिनट बाद सुकुल को हल्की डकार आएगी। अब वह पाकिट से तम्बाकू-चूना निकालकर हथेली पर उसे आधा घंटा तक मसलता रहेगा और हमारी बातचीत चलती रहेगी।

सुकुल की यह अदा मुझे अच्छी लगती है।

पिछली शाम को बहुत जोरों से नारे लगते रहे। थोड़ी देर बाद

लाठियाँ चलीं। चीनी मिल के हड़ताली मजदूर हवालात में हैं। जब से आए हैं, हल्ला-गुल्ला मचाए रहते हैं। परसों उन्होंने रसोइये के चेहरे पर दाल का कटोरा उछाल दिया था। पुराना कैदी सेवा के लिए दिन-रात उनके वार्ड में तैनात रहता है। बेचारे पर चप्पलों की मार पड़ी। चेहरा सूज गया है। जेल के अस्पताल में पड़ा है।

कल शाम को हड़ताली कैदियों ने जेलर को गालियाँ दीं। बड़े जमादार से कहा—"अपने बहनोई को कह दो, हमारे लिए दो रोज के अन्दर ही ऊनी कपड़ों का इन्तजाम करे।"

कई दिनों से सिपाहियों और जेल-अधिकारियों के अन्दर इनके खिलाफ गुस्सा उमड़ रहा था। कल आखिर लाठियाँ चल ही गईं। दो मजदूर कैदियों को रात ही जेल के अस्पताल में पहुँचा दिया गया। चोट, एक के, तो कम लगी है, लेकिन दूसरे का क़पार फट गया है। जाने कहाँ पत्थर मँगवा लिये थे ! कहते हैं, दो सिपाहियों को पत्थरों की चोट लगी। एक के कन्धे पर जख्म हो गया है। अब चार-छै-दस रोज तक इनकी भूख-हड़ताल चलेगी। नाक में नली डालकर दूध और अण्डों का घोल अन्दर पहुँचाने की नौबत आ भी सकती है और नहीं भी आ सकती है। मजदूरों के नेता लोग राजनीति के मँजे हुए खिलाड़ी हुआ करते हैं। वे अपनी पार्टी के इन कैदी साथियों की रक्षा के लिए कोई न कोई तरकीब जरूर भिड़ाएँगे। अव्वल, इन्हें जेल में रहने ही नहीं देंगे। नहीं, जेल में रहना ही पड़ा तो जेल वालों से काफी ज्यादा रियायतें हासिल करके रहेंगे।

लेकिन हमारी तो जेल वालों से कभी अनबन नहीं हुई। एक बार भी नहीं। कहने को भी नहीं···हाँ, जिस रोज हम हवालात के अन्दर आए, उसके अगले दिन सबेरे जब बाबा की जटाएँ उतरने लगीं तो बड़े जमादार को मन-ही-मन अन्देशा हो रहा था कि मैं कहीं चार तमाचे लगाकर हजाम को खदेड़ न दूँ !

पारसी हाकिम का हुकुम था और बाबा ने इस पर शान्ति धारण कर ली थी। फिर मस्तराम नाहक क्यों खुराफात खड़ी करता ? मस्तराम गधा नहीं है। मस्तराम आदमी है।

तो, बेटा, तुमने उस साधू को उतनी बेरहमी से क्यों पीटा ? जानवर ही जानवर पर उस तरह हमला करता है। तुम उस रोज हैवान बन गए थे न ?

अपने जिस जटाधारी बाबा की इज्जत और प्रतिष्ठा के आडम्बर की रक्षा के नाम पर तुमने बेंत फटकारने की वह तत्परता दिखलाई थी, बाबा की जटाएँ उतरते वक्त वह कहाँ थी ?

यानी, कभी-कभी तुम इन्सान नहीं रह जाते हो मस्तराम ! तुम्हारी हैवानियत कभी-कभी जोर मारती है। अपने पर तुम्हारा कोई काबू नहीं रह जाता है और अपनी इस कमजोरी को तुम चरस, गाँजा और भंग के नशे में गर्क किए रहते हो !

यानी, तुम्हारा मस्तराम नाम ठीक नहीं है। तुम नकली मस्तराम हो। सच्चे मस्तराम होते तो बाबा की जटाओं को कोई उतार नहीं सकता था !

हाय, उन जटाओं की कैसी हिफाजत तुमने की थी ! नारियल का कै टीन तेल उन जटाओं को तुमने पिलाया होगा ! उतना प्यार, उतना जतन, उतनी ममता ! दिलदार माली जिस तरह गुलाब की झाड़ियों पर अपनी जान निछावर किए रहता है, उसी तरह तुमने बाबा के सिर पर सलोनी जटाओं की वह प्यारी-प्यारी लच्छियाँ नहीं उगाई थीं ?

मस्तराम, उन जटाओं पर हजाम की कैंचियों का वह हमला आखिर कैसे तुमसे देखा गया ?

मस्तराम, या तो वे जटाएँ झूठी थीं; या तुम झूठ हो ! या तो वे जटाएँ नकली थीं या फिर तुम नकली हो !

आज पहली बार जेल के अन्दर मेरे माथे में दर्द उठा है। रात का खाना नहीं खाऊँगा। आज भंग भी नहीं छनेगी—चिलम की लपलपाती लौ चाहिए आज तो। संजीवन कहीं से यहाँ पहुँच जाता तो चिलम गरम होती। रात को वह अपने साथियों के साथ पुराने वार्ड में रहता है। सबेरे उसे खबर मिल जाती तो अब तक आ गया होता। और आज शायद सुकुल भी न आएँ सबेरे बतला गए थे। बिरादरी के भोज में कहीं जाना था उन्हें।

इधर पाँच-सात दिनों से भंग ही भंग चली है, सिवा भंग के और कुछ है नहीं यहाँ ! न रहे साली, मर तो नहीं जाएँगे। मस्तराम क्या बगैर चरस-गाँजे के नहीं रह सकता ? इनकी ऐसी-तैसी ! हमेशा के लिए वह इन्हें छोड़ दे सकता है। मस्तराम का कुछ नहीं बिगड़ेगा, कुछ नहीं।

"क्या बात है ?" मैं भंगी से पूछता हूँ। वह मुस्कुराकर रह जाता है। साँवली सूरत वाले इस मेहतर की आँखें बड़ी सुन्दर हैं। नाक-नक्श भी अच्छे हैं। बोलता कम है। 'हाँ-ना' की मुद्रा में माथा हिला-हिलाकर बातों का जवाब देता है, या फिर भौंहें या उँगलियों के इशारे उसके मतलब जाहिर करते हैं। सुबह भी आता है, शाम को भी आता है। कुछ पूछता हूँ तो थोड़े में जवाब देता है।

अभी शाम को, और दिनों के कुछ पहले ही आया है। मैं पूछता हूँ—क्या बात है ?

"सरकार, आज रात को बिरहा सुनने का प्रोग्राम है। शाम को क्वार्टर की रखवाली करनी पड़ेगी। छोटी बच्ची को सर्दी-जुकाम हो गया है। उसकी माँ हकीम से दवा लेने जाएगी। आएगी तब खाना पकेगा और तब खा-पीकर बिरहा सुनने के लिए मैं पुलिस लाइन के दूसरे छोर पर जा सकूँगा।"

"सारी रात सुनेगा ?"

"सारी रात चलेगा तो सारी रात सुनूँगा महाराज।" सेल से बाहर निकल कर वो कहता है—"सुना है, तीन रात तक चलेगा···एक बार मैंने दस रातों तक लोरिकायन सुनी थी।"

"लोरिकायन न हुई, रामायण हो गई साली! दस रात चली थी ?" मुझे भारी अचरज होता है। पूरब का रहने वाला होता तो नहीं होता अचरज ! लेकिन मैं तो पंजाब में पैदा हुआ था। उधर बिरहा और लोरिकायन नहीं चलते हैं, चलता है—हीर-राँझा। मैंने बचपन में सारी-सारी रात हीर-राँझा के गीत सुने हैं। अब इधर मुझे भी एकाध बार लोरिकायन सुनना चाहिए। जेल के बाहर निकलूँगा तो सुनूँगा।

इसकी बीबी क्यों नहीं आएगी लोरिकायन सुनने ? उसे क्यों नहीं ले जाएगा साथ ? छोटी बच्ची बीमार न होती तो मिलकर तीनों

लोरिकायन सुनने जाते । नहीं भी जाते, क्या पता ! इधर पूरब के जिलों में मर्द और औरत एक साथ गाना-वाना सुनने नहीं जाते हैं । मेले-ठेले में, नहान में, हाट-बाजार में स्त्री-पुरुष अलग-अलग दिखाई पड़ते हैं इधर। छोटी जाति की औरतें खेत-खलिहान में काम कर लेती हैं; यही क्या कम है ?

इसकी तो बीबी भी यहाँ जेल में ड्यूटी करती है। उसी की मेहरबानी से हमें इमरितिया का हाल-समाचार मालूम होता था···।

सेल के अन्दर पाखाना वाला मिट्टी का यह गमलानुमा बर्तन बदल चुका है। इस बर्तन को सुबह और शाम आकर वह बदल जाता है । धो-पोंछकर और फिर से फिनायल का जरा-सा घोल इस बर्तन में डाला जाता है । अब, इतने दिनों बाद फिनायल की गन्ध मुझे अच्छी लगने लगी है । पहले दो-चार दिनों तक लगता था, सबेरा होने से पहले ही यह माथा कई टुकड़ों में फट चुका रहेगा । धीरे-धीरे फिनायल हमें सहज होती गई । अब तो बिल्कुल नहीं अखरती । इसी तरह पहले-पहल पेट्रोल की गन्ध से भी भड़कता था। वह तो और भी तेज होती है। मैं कुम्भ के मेले में कई बार प्रयाग जाकर दस-दस, पन्द्रह-पन्द्रह दिन रहा हूँ । पेट्रोल की तेज तीखी दुर्गन्ध के कारण वहाँ संगम के पास, किले के नजदीक दौड़ने वाले मिलिट्री ट्रकों को हमेशा मैं कच्ची गालियाँ सुनाया करता था। लेकिन, जिन्हें रात-दिन कारों, बसों, ट्रकों, स्कूटरों या कारखाने के अन्दर इंजनों के साथ रहना पड़ेगा, उनके लिए पेट्रोल की गंध दुर्गन्ध नहीं, सहज सुगन्ध हो जाती होगी। उनकी साँसों को पेट्रोल की भाप या धुआँ बड़ा ही अच्छा लगता होगा । हमें भी फिनायल अब अच्छी लगती है ।

जी में आता है कि इससे पुछूँ···तुझे तो पाखाने की बदबू बुरी नहीं लगती होगी ? अच्छी तरह जानता हूँ, इस सवाल के जवाब में यह आदमी कुछ कहेगा नहीं, दाँत निपोड़ कर हँसता रहेगा ।

भला हो अंग्रेज बहादुरों का, जिनकी अमलदारी में फिनायल का चलन हुआ । हिन्दुस्तान के लाखोंलाख भंगी और मेहतर फिनायल का इस्तेमाल करके निहाल हो उठे। अंग्रेजों की अमलदारी में उन्हें पहली बार अपने

देश के बड़ी जाति वालों की अन्दरूनी दुर्गन्ध का पता चला होगा। फिनायल जैसी दुर्गन्ध-नाशक दवा से भंगियों-मेहतरों को जितना अधिक लाभ पहुँचा, उतना कबीर और रैदास की ठंडी-मीठी वाणी से भी यदि पहुँचा होता !

सिपाही रामसुभग सुकुल कभी-कभी बासी अखबार ले आते हैं और यहाँ बैठकर प्रेम से पढ़ते रहते हैं। मेरा मूड देखकर बीच-बीच में दो-एक खबर मुझे भी सुनाते हैं। परसों एक समाचार था—बिहार के अन्दर मुंगेर जिले में हजारों हरिजन इस वर्ष ईसाई हो गए। सूखा-संकट के चलते, उनकी हालत बदतर हो गई थी। ईसाइयों ने इतनी अच्छी तरह उनकी सहायता की कि उन्होंने ईसामसीह के चरणों में अपना-अपना जीवन अर्पित कर दिया है···

यह समाचार सुनकर मेरे अन्दर एक अजीब-सी खलबली मची। मैंने बार-बार अपने को समझाना चाहा, लेकिन बेचैनी खत्म नहीं हुई। परसों और कल और आज जितनी बार यह भंगी मेरे सामने आया है, वह बेचैनी उबाल खाने लगी है। तबियत में आयी है कि पाखाना साफ करने वाले इस आदमी को मैं भड़का दूँ, कह दूँ—जा, तू भी ईसाई बन जा ! अगर ऊँची जात वालों की विष्ठा से छुटकारा चाहता है तो महाप्रभू ईसामसीह की छत्रछाया में चला जा ! मेरे कहे मुताबिक कल तू ईसाई हो जायेगा तो फौरन तेरी तकदीर ऊँची उठ जायेगी, तेरा गोत्र ऊपर उठ जायेगा, तेरे बाल-बच्चे कान्वेण्ट में मुफ्त शिक्षा पाने लगेंगे। डाक्टर, इंजीनियर, प्रोफेसर, वकील, लीडर, क्रिकेट और फुटबाल के चैम्पियन और जाने क्या-क्या बनेंगे तेरे बाल-बच्चे ! फिर किसी की हिम्मत नहीं होगी जो तुझसे भंगी-मेहतर का काम ले। रैदास जैसे सन्तों की अमृतवाणी सदियों से तू पीता आया है, अब सौ-पचास वर्षों तक ईसाइयों की भी अमृतवाणी का आनन्द ले !

बार-बार मेरा जी करता है, मैं इसे भड़का दूँ। मैं ऊँची जात वालों के खिलाफ इतना जहर भर दूँ इसके अन्दर कि—

"क्या नाम है तेरा ?"

"असरफी !"

पूछता हूँ, फौरन मालूम हो जाता है नाम और कितना अच्छा नाम है असरफी ! असरफी यानी सोने की मोहर। असरफी यानी वह कीमती सिक्का जिसको जमनिया के बाबा गिन्नी कहते हैं। बाबा कभी-कभी वह अँगूठी पहनते हैं, यानी लालता प्रसाद परब-त्यौहार के दिनों में बाबा को कीमती लिबास पहना कर तैयार करता है। उन दिनों बाबा के दाएँ हाथ की मँझली उँगली को लालता प्रसाद खास तौर पर गिन्नी वाली अँगूठी पहनाता है। बाबा की अँगूठी से लगी हुई उस असरफी को इस असरफी ने नहीं देखा है। कभी नहीं देखेगा···

'तेरे बाप का नाम क्या था ?'

"हीरा।"

जरूर ही यह अपने बेटे का नाम मोती या पन्ना रक्खेगा। गरीब से गरीब आदमी अपने लड़कों के नाम लक्ष्मी दास, सोने लाल या मूँगा-मल और चाँदीराम रखता है। मन का दरिद्र कोई नहीं होता। लेकिन नामों में क्या रखा है। असरफी और इसका बाप हीरा भंगी की ड्यूटी से कभी छुटकारा नहीं पा सका।

कहते हैं, इस देश में मुसलमान आये तो छोटी हैसियत के हजारों हिन्दुओं नें इस्लाम कबूल कर लिया। इस तरह उन्हें बड़ी जाति वाले हिन्दुओं की घरेलू गुलामी से छुटकारा मिला। हमने यह कभी नहीं सुना कि मुसलमान या ईसाई कहीं हिन्दू बने हों।

मुसलमान और ईसाई क्यों हिन्दू बनने लगे ? इन्हें क्या मिलेगा हिन्दू बनने से ? क्या है हिन्दुओं के पास जो वे उनको देंगे ?

है तो बहुत कुछ। काफी कुछ है हिन्दुओं के पास। करोड़ों, अरबों की सम्पदा एक-एक सेठ के पास है, लेकिन गरीब और पिछड़े हुए हिन्दू, जगलों और पहाड़ी इलाकों में मुट्ठी-भर अनाज के लिए तड़प-तड़प कर मर जायेंगे, महासेठ का दिल नहीं पिघलेगा।

मैं भड़का दूं तो असरफी ईसाई बन जाएगा ? भंगी का काम छोड़ देगा ? नहीं, नहीं छोड़ेगा। हाँ? इसकी अपनी बिरादरी का कोई ईसाई बन जाय और वह आकर इसको बार-बार समझाये, तब शायद असरफी कुछ सोच सकेगा। खरबूजे को देखकर खरबूजा रंग पकड़ता है !

इमरितिया ने अपने हाथों से लड्डू बनाकर भेजे हैं। इमरितिया हवालात से निकलकर जमनिया नहीं गई। यहीं है। इमरितिया अभी महीना-डेढ़ महीना इधर ही रहेगी।

अच्छा है, इमरितिया रहेगी तो हमें बराबर खटरस भोजन का आनन्द मिलता रहेगा।

लेकिन समूचे मकान में अकेली रहेगी तो जी नहीं घबरायेगा ? जमनिया में तो अकेली नहीं रही कभी। पड़ोस के गाँव की लड़कियाँ मठ में आती ही रहती थीं। चार-छै मजदूरिनें मठ में बागान के अन्दर, गोशाला में और खलिहान में हमेशा काम में लगी रहती थीं। जमनिया का महंथी दरबार मर्दों और औरतों से गुलजार रहने वाला चमन था। वह बैरागियों का सूखा अखाड़ा कभी नहीं रहा। बिजली लग जाय और नये ढंग से दस-बीस मकान बन जायँ तो जमनिया खिल उठेगी।

अच्छा होता, दस-पन्द्रह दिन जाकर इमरितिया वहाँ रह आती, वहाँ रह के फिर वापस आती। शायद भगौती का ख्याल होगा कि कचहरी में बयान हो चुकने के बाद इमरितिया को एक ही बार जमनिया पहुँचा दिया जाएगा। लेकिन, भगौती यहाँ पर गलती कर रहे हैं। उन्हें चाहिए कि अभी इमरितिया को जाने दें। वह हवालात के अन्दर रह कर बहुत घबरा गई होगी। अचानक इतना बड़ा काण्ड हो गया, बेचारी की समझ में भारी झटका लगा होगा। मठ के अन्दर जाकर दस-बीस रोज रहती तो बेचारी का दिल राहत महसूस करता, फिर से प्राणों में शान्ति वापस आती। जान-पहचान की औरतों, बच्चों, पौधों और पशुओं के बीच अपने को पाकर इमरितिया सहज सन्तोष पाती !

या फिर बाल-बच्चे वाली विधवा होती, इमरितिया न होती यह ! सधुआइन होने से क्या हुआ ? दिल के अन्दर बैठी हुई माँ मसोस-मसोस कर रह जाती होगी ! औरत के पास और कोई न हो, बच्चा हो एक। बस, वह भारी से भारी मुसीबत झेल ले जायेगी। संतान का सहारा बहुत बड़ा सहारा होता है औरतों के लिए। मेरा जी कहता है कि आगे चलकर इमरितिया मठ वालों को पानी पी-पीकर कोसेगी। मेरा जी

कहता है, अब भी इमरितिया मठ वालों को नफरत की निगाहों से देखती है। मेरा जी कहता है, इमरितिया आजीवन कैदी की सजा नहीं भुगतेगी। काश, कोई माई का लाल इमरितिया को जमनिया से भगा ले जाता और हमेशा के लिए बेचारी आजाद हो जाती।

बूटों की आवाज सुनकर मैं उचक कर देखता हूँ।

बड़े जमादार सामने मुस्कुरा रहे हैं।

"आज शाम को, सात बजे बाबा ने लोगों को दर्शन दिये। समाधि पूरी हुई। छत्तीस घंटे का मौन था। बारह घंटे की समाधि थी। दिन-भर लोग दर्शन करने के लिए आते रहे, शहर के तीन-चार सेठ भी थे। जेल का पूरा स्टाफ समाधि में बाबा को देख गया है। बी-डिवीजन के चारों बाबू-कैदी आए थे। उनमें से दो ने बाबा के चरणों का स्पर्श किया। मस्तराम बाबा, आपको भी बड़े बाबा का दर्शन करने जाना था।"

"इतने सारे लोगों ने बाबा के दर्शन किये। मैं यहीं से बाबा को देख रहा था। हाँ, इसी सेल में बैठे-बैठे सब कुछ देखता रहा हूँ। बाबा ने नागपुरी रेशम का पीताम्बर-परिधान धारण किया था। ललाट पर चन्दन और भस्म का टीका। गले में खिले हुए गुलाबों की माला। काले कम्बल का आसन रहा होगा। धूपवत्तियाँ जल रही होंगी। पास में पीतल का कमण्डल होगा। पीछे बाबा के खड़ाऊँ होंगे, हाथीदाँत की तराशी हुई खूँटियों वाले। एक ओर जरा हटकर दो चटाइयाँ बिछी होंगी। दर्शनार्थियों को प्रसाद मिला होगा। समाधि के बाद बाबा ने खीर ली होगी।"

"आपको तो सब पता है," बड़े जमादार ने हँसकर कहा—"आप बाबा का सारा हाल जानते हैं। जिन्दगी-भर साथ रहे हैं। आपसे बढ़-कर कौन जानेगा बाबा के बारे में ?"

मैं बिना कुछ कहे गम्भीर हो उठता हूँ और फिर मुस्कुराने लगता हूँ। मेरे लिए भी कटोरे में खीर आई थी शाम को। बाबा ने भिजवाई थी। वह खीर मैंने असरफी को दे दी। बेचारा भंगी पहले तो सकपका गया। उसे लगा, बाबा मस्तराम यह खीर उसे भंग के नशे में दे रहा है। यों भला भंगी को कौन खीर देता है ! बेचारा नहीं ले रहा था।

आखिर डाँट कर मैंने कहा—"गधा कहीं का ! खीर नहीं खायेगा और, कुत्तों की तरह गू चाटता फिरेगा !"

तो वह जाकर कहीं से अलमुनियम का कोई और कटोरा ले आया। मैंने खीर इस कटोरे से उस कटोरे में डाल दी।

लेकिन यह सब मैं बड़े जमादार को क्यों बतलाऊँ ? जरूरी नहीं है कि सारी बातें सबको बतला ही दी जाएँ।

पूजा कब होगी ?

प्रश्न सुनकर बड़ा जमादार कहता है—"सत्यनारायण की पूजा ? अगली पूर्णिमा को होगी। कल से चन्दा उगाहा जाएगा। लिस्ट बन गई है। बी-क्लास के दो बाबुओं ने इक्यावन-इक्यावन रुपये देना मंजूर किया है। बाकी दोनों बी-क्लास वाले पच्चीस-पच्चीस देंगे। पुराने कैदियों में भी पूजा के नाम पर बड़ा जोश है। लगभग पाँच सौ रुपये इकट्ठे हो जायेंगे, ऐसा लगता है।"

कुछ रुक कर वह कहता है—"बाबा ने मना कर दिया है। पाँच सौ से ज्यादा रुपये इकट्ठे नहीं किए जायेंगे।"

"कितने वर्षों के बाद जेल के अन्दर यह पूजा होगी ?"

"दो साल बाद। बात ऐसी हुई थी कि चार साधू और दो ब्रह्मचारी गिरफ्तार हुए थे। वे चालीस रोज इस जेल में रहे। तभी भगवान की पूजा हुई थी। ज्यादा खर्चा नहीं किया गया था। सवा-सौ रुपये लगे थे।"

मैं अब तक बड़े जमादार से लेटे-लेटे ही बातें करता रहा हूँ। लेकिन, अब उठ गया हूँ। साधुओं की जेलयात्रा का समाचार पाकर गुदगुदी महसूस कर रहा हूँ। बड़ी खुशी हुई यह जानकर कि दो साल पहले भी कुछ साधू इन सेलों में आकर रह गए हैं।

वे किस जुर्म में गिरफ्तार हुए होंगे।

बड़ा जमादार पूछता है—"देर से नींद आती है ? आप लोग संत-महंत ठहरे, सोकर तो सारी रात बिताते नहीं होंगे। हाँ मस्तराम बाबा, चार घंटा से ज्यादा सोना भोगी के लिए ठीक है और छह घंटे से अधिक सोना रोगी के लिए है। जोगी चार घंटे से ज्यादा नहीं सोते…"

बड़ा जमादार भी खानदानी ब्राह्मण है। जरा-सा छेड़ दो, खाँचा भर उपदेश छोड़ जायेगा। लेकिन इस वक्त मैं उपदेश या शिक्षा की बातें इससे नहीं सुनूंगा। अभी तो मैं यह जानना चाहूँगा कि दो वर्ष पहले जो साधू यहाँ जेल में रहे थे, वे किस अपराध में पकड़े गए थे।

बड़ा सिपाही साठ के लगभग का है। पेंशन की उम्र हो चुकी है। पाकिस्तानी आक्रमण के दिनों में पेंशन वाली उम्र की हद में कुछ छूट दी गई थी, एक्सटेंशन मिला था। बड़ा जमादार दस महीने बाद रिटायर होगा। तन्दुरुस्ती के लिहाज से वह कम से कम दस साल और अपनी ड्यूटी जमा सकता है।

वह मेरे मन की बात भाँप गया है। कहता है—"उस बार सभी साधु बेदाग छूट गए थे। एक को भी सजा नहीं हुई। अपराध भी मामूली था। माल गाड़ी के डिब्बों में लदकर सैकड़ों बूढ़े बैल पश्चिम से पूरब जा रहे थे। गोरखपुर स्टेशन के प्लेटफार्म पर उन साधुओं ने गोरक्षा के नारे लगाने शुरू किए। रेलवे पुलिस ने उन्हें वहीं गिरफ्तार कर लिया।"

"बस इतनी-सी बात थी ?"

"हाँ, महाराज ! यही कसूर था बेचारों का। उन्होंने बूढ़े बैलों की रक्षा के लिए नारे लगाए थे और धरना देने का इरादा था शायद। वे नहीं चाहते थे कि बूढ़े बैलों को लादकर मालगाड़ी आगे बढ़े !"

मुझे हँसी आ जाती है। देर तक मुस्कुराता रहता हूँ और फिर लेट जाता हूँ। आँखें मूंद कर ध्यान में उन सैकड़ों बैलों के बूढ़े ढाँचे देखने लगता हूँ। मालगाड़ी के बीसों डब्बे प्लेटफार्म पर खड़े हैं। एक-एक डब्बा दोनों तरफ से खुला है। ऊपर छत है, बीचोबीच प्लेटफार्म की तरफ आधा-आधा बन्द है और आधा-आधा खुला है। इन खुले दरवाजों से बूढ़े बैलों के कंकाल झाँक रहे हैं। चेहरों पर बड़ी-बड़ी आँखें चिपकी हुई हैं, सूखी और डरावनी आँखें। आदमी दुबला होता है तो उसकी आँखें धँसी होती हैं। गाय-बैल दुबले होते हैं तो उनकी आँखें बाहर निकल आती हैं। वे ढीली खुरदरी पलकों के दोनों छोर आसूँ की लकीरों के बदरंग निशान, फूली हुई नसों में उलझकर और भी भद्दे लगते हैं। और भी वीभत्स। मैं अन्दर-ही-अन्दर उन निरीह निगाहों को पढ़ने

की कोशिश कर रहा हूँ। लेकिन बाहर मेरी आँखें बन्द हैं।

बड़ा जमादार मान लेता है कि मैं अब सोना चाहता हूँ। वह चलने लगता है। कहता जाता है—अच्छा मस्तराम बाबा, रात काफी हो गई है, विश्राम कीजिए।

बूटों की आवाज कम होती जाती है। हाल ही सेलों वाले वार्डों के इन गलियारों में बजरी बिछाई गई है। बूटों की हल्की-से-हल्की आहट कई गुनी अधिक हो उठती है और जाड़े की रात के सन्नाटे को खरोंचती चली जाती है। उसी मिटती हुई आहट में मेरे कान इस तरह खो गए हैं कि बैलों की डरावनी आँखों का मनहूस चित्र तेजी से मिटने लगा है।

इमरितिया

परसों बाहर आई हूँ हवालात से ।

ग्यारह दिन ऊँची दीवारों की उस तंग दुनिया में रहना बदा था ।

मुकदमे की सुनवाई खत्म होगी, सब कुछ हो चुकेगा । बाबा और मस्तराम को सजा होगी, यह तो सभी कहते हैं । मुझे सजा होगी, यह कोई नहीं कहता !

अच्छा होता, साल-दो साल की कड़ी मशक्कत वाली सजा मैं भी काटती । कहीं कोई भारी अपराध करने का मौका हाथ लगता तो मैं बड़ी खुश होती ! सच मैं बेहद खुश होऊँगी । मिलेगा मौका मुझे पाँच वर्ष जेल काटने का ?

भगौती भी बतला रहे थे—"तुझे छुटकारा मिल जाएगा । तू दुबारा अब जेल का गेट नहीं देखेगी ।" हुँह् ! नहीं देखेगी जेल का गेट । इमरितिया को कौन रोक सकता है जेल का गेट देखने से ! मजाल है भगौती का !"

"मा ा ा ा ा ल् कि न् !"

भीख माँगने वाली कैसे समझ गई कि मकान में रहने के लिए कोई औरत आ गई है ? ओ ऽ ऽ ऽ, ऊपरी तल्ले की बाहरी रेलिंग से गेरुआ साड़ी लटक रही है । सूख चुकी होगी । वही देखकर भिखारिन ने आवाज दी है—"मालकिन !"

यह 'मालकिन' कानों को बुरा नहीं लगना चाहिए न ? लेकिन मुझे बुरा लग रहा है । लगेगा नहीं बुरा ? जरूर लगेगा । सौ बार लगेगा !

बाबाजी, भिखारिन को कुछ दे दो !

उधर से किसी की आहट नहीं पा रही हूँ । बाबाजी, यानी रसोइया

महाराज इस वक्त कहाँ गया होगा ?

गया होगा पड़ोस के मकान में अपने दोस्तों से मिलने। तीस-चालीस परिवार बंगालियों के हैं। इन परिवारों में खाना पकाने के लिए महराज लोग रहते हैं। दुपहर में, बारह से लेकर चार बजे तक इन महराजों को अपनी अलग चौकड़ी जमती है। लेकिन हमारा महराज बोल कर जाता है। कहीं और गया होगा।

उठकर भण्डार वाली कोठरी में जाती हूँ। दो मुट्ठी चावल लाकर भिखारिन को देती हूँ। बदले में दुआ मिलती है—"बिटिया, तुम्हारी गोद भरे!"

भौंहों में बल पड़ जाते हैं। मुझे जाने कैसी लगती है भिखारिन की यह दुआ! तबीयत होती है, चीखकर कहूँ—"राँड, यहाँ नहीं चाहिए तेरी दुआ, अपनी ही गोद भर लेना इस दुआ से…"

लेकिन कुछ कह नहीं पाती हूँ। अन्दर वाली कोठरी में आकर बिस्तरे में धँस जाती हूँ, पायताने की तरफ रक्खी हुई रजाई को अपने बदन पर खींच लेती हूँ। लेटे-लेटे भिखारिन के बारे में सोचती रहती हूँ…उस औरत में और मुझमें क्या फर्क है? मैं भी दूसरों का दिया हुआ खाती हूँ। वह भी दूसरों का दिया हुआ खाती है। उसकी ही तरह मेरा भी कोई अपना नहीं है। क्या पता, इस औरत का अपना कोई हो और वह भी अलग कहीं भीख माँग रहा हो! हाँ, एक बात है। इसे रोज-रोज भीख माँगना पड़ता है; लेकिन मैं कहीं किसी के दरवाजे पर मालिक या मालकिन को पुकारने नहीं जाती हूँ। मैं लम्बे अरसे के लिए पालतू बना ली गई हूँ। चाहूँ तो हमेशा के लिए इसी तरह का जीवन गुजार सकती हूँ। फिर भी लगता है, उस भिखारिन में और मुझमें कोई खास अन्तर नहीं है।

उल्टे वह मुझसे कहीं अधिक सुखी है। आजाद होकर जहाँ-तहाँ घूमती है। चाहे जहाँ जिस किसी औरत या मर्द से खुलकर बातचीत करती होगी। जितने आँसू इन गालों से होकर बहे हैं, उतने आँसू उस भिखारिन ने नहीं बहाये होंगे। उसका अपना बच्चा होगा, बच्ची होगी। उन्हें जी भरकर वह प्यार करती होगी। निराशा या उदासी का ज्वार

उसके जीवन में शायद ही उतना होगा। वह दो-चार रोज बाद दुबारा आएगी तो मैं उससे बातें करूँगी…कोई तीसरा मौजूद रहा तो नहीं करूँगी बातें…

"अगहन का अन्त आ रहा है। दुपहर की धूप अच्छी लगने लगी है। अब मैं फिर से इस वक्त धूप में बैठने नहीं जाऊँगी। जरा देर में नींद आ जाएगी यहीं बिस्तरे में। जाड़े के दिनों में दुपहर का सोना इस उम्र में जरूरी नहीं है। मगर थोड़ी देर के लिए हल्की झपकियाँ कोई ले ले तो क्या बुरा है?"

"बाबाजी, तुम चाय में चीनी कम डालते हो, मैंने कई बार कहा है। लगता है, तुम्हारी बीबी मीठा कम खाती है!"

"बघार में हींग डाला करो। कभी-कभी लहसुन या अदरक का भी इस्तेमाल करना चाहिए। अरे, तुम तो बंगालियों का खाना पकाते रहे हो। सब कुछ खाते हैं वे लोग। बिल्कुल सर्वभक्षी होते हैं। उनकी रसोई में बड़ा झमेला रहता होगा। यहाँ तो सीधा मामला है!"

"बाबा को खीर बहुत पसन्द है। मस्तराम को मगदल के लड्डू अच्छे लगते हैं। बाबा आलूदम और मसालों वाली दूसरी सब्जियाँ बहुत चाव से खाते हैं। उन्हें तीखा चरपरा अच्छा लगता है। लेकिन मस्तराम को सब्जियाँ कम चाहिए। उसे चावल भी पसन्द नहीं है। हाँ, मीठे चावल उसके लिए कभी-कभी ले जा सकते हो। इसके अलावा वह सूखे मेवे बहुत पसन्द करता है। लेकिन बाबा को नागपुरी संतरे अच्छे लगते हैं।"

रसोइया बाबाजी मेरी बातें इकतरफा सुनते जाने का अभ्यास डाल लेगा। उसका स्वभाव मुझे अच्छा लगता है। मीठी तबीयत का आदमी है। अकेले में फिल्मी गीत गुनगुनाना पसन्द है उसे। तिरहुत का रहने वाला है। तिरहुत, जहाँ खेत में हल चलाते समय किसी जमाने में घड़ा निकल आया था और घड़े के अन्दर से लड़की बाहर आई थी। सीता उसका नाम पड़ा। तिरहुत के राजा जनक ने सगी बेटी की तरह पाल-पोस कर उसे बड़ा किया। हमारा रसोइया उसी धरती से पैदा हुआ था।

परसों दुपहर में, लगभग एक बजे हवालात से निकालकर जेल वालों ने मुझे भगौती के हवाले किया। वह मुझको यहाँ ले आए। खुद थोड़ी

ही देर रुके थे। यह बाबाजी, लगता है, परसों एक बार भी मेरी तरफ आँख उठाकर देख नहीं सका।

कल सबेरे इसने पूड़ियाँ तली थीं। आलू और मेथी के साग की सूखी सब्जी में नमक डालना भूल ही गया था। आलू का एक टुकड़ा मैंने मुँह के अन्दर डाला। जोर से हँसी छूटी। महराज की समझ में नहीं आया। मुझे फिर-फिर हँसते देख कर वह मुस्कुराने लगा, पूछा—क्या हुआ माई जी ? काहे तब से हँस रही हैं ?

"आलू मुँह में डालकर देखो, पता चल जाएगा !" फिर मैंने कहा—"सारा नमक इसी में डाल दिया है तुमने !"

रसोईघर के अन्दर जाकर वह आलू का टुकड़ा कड़ाही से उठा लाया। मेरे सामने चखकर देखा और लजीली हँसी में उसके गाल जगमगा उठे। उसे अपनी भूल का पता चला और मुझे यह पता चला कि महराज दाढ़ी रोज बनाता है और अपनी खूबसूरती की तरफ से लापरवाह नहीं है।

जरा रुककर अपराधी की तरह वह बोला—"माईजी, कई वर्षों के बाद आज इस तरह की गलती मुझसे हुई है।"

"कोई बात नहीं," मैंने कहा—"गलती किससे नहीं होती ?··· अच्छा, देखो मेरे लिए पानी गर्म कर दो। अच्छी तरह नहाना चाहती हूँ।"

हाँ, बारह-तेरह रोज हो रहे थे मुझे नहाये हुए। जेल के अन्दर जनाना वार्ड में पानी की बेहद किल्लत थी। किसी तरह पीने-भर को पानी मिल जाता था। निबटने और हाथ-मुँह धोने के लिए पुराने कुएँ का खारा पानी मिलता था। खाने के बाद थाली कटोरा धोने के लिए भी वही पानी। इन्हीं दिनों में मुझे मासिक धर्म भी हो गुजरा। सफाई के अभाव में तबीयत दिन-रात भिनकती थी।

महाराज ने घण्टाभर बाद पानी गर्म कर दिया। और कल मैं देर तक नहाती-धोती रही। पानी का सुख भी क्या सुख होता है !

भगौती ने अच्छा मकान किराये पर लिया है। इसमें हवा, पानी, धूप, बिजली, छत, आँगन सब कुछ है। सुभीता-ही-सुभीता है। हर

मौसम में यह मकान अच्छा रहेगा।

लेकिन हमें क्या करना है ! महीना-दो महीना रह लेंगे, वही काफी होगा। बयान हो चुकने के बाद मेरी जरूरत नहीं रह जाएगी यहाँ।

जी करता है, मस्तराम को खत लिखती और उस खत में बहुत कुछ होता या कुछ नहीं होता। मामूली कागज पर आड़ी-तिरछी पाँतों में कुछ अक्षर होते, दो-एक बात होती और वही बार-बार घूम-फिर कर सारी चिट्ठी में भरी रहती।

मस्तराम मेरी चिट्ठी का जवाब शायद ही देता, वह मलंग आदमी ठहरा। अपनी मस्ती के आगे सारी दुनिया को घास-फूस समझता है। इमरितिया क्या है ?

इमरितिया क्या है ?

इमरितिया कुछ नहीं है !

इमरितिया बहुत कुछ है !

इमरितिया इमरितिया है !

नहीं, इमरितिया इमरितिया नहीं है !

वह लक्ष्मी है, गौरी है वह !

नहीं वह आगे है उनसे !

नहीं, वह सबसे पीछे है। सबसे गई-गुजरी है !

नहीं, मस्तराम का हाथ अगर इमरितिया की पीठ पर हो तो सारी दुनिया से मुकाबला कर लेगी !

हाय, यही तो नहीं होगा !

यह होना था तो चार वर्ष यों ही नहीं गुजर जाते जमनिया में !

इन चार वर्षों में कौन-सा उपाय नहीं किया है इमरितिया ने ! मस्त-राम ने रत्तीभर भी परवाह की है ?

बाबा को दो-चार साल की सजा हो जाती और मस्तराम छूट जाता, फिर मैं उसके साथ निकल पड़ती !

कहाँ जाती ? वापस नहीं आती जमनिया ?

वापस क्यों आती ? जमनिया क्या कोई जगह है रहने की ! राम राम !!

मस्तराम, तू आदमी नहीं, पत्थर है !

मस्तराम···

चोफ साली ! हरामजादी !···

गालियाँ बकता है मस्तराम ?

नहीं, यह मस्तराम नहीं है। उसकी आवाज नहीं है यह ! कोई और मर्द है यह मेरे मन के अन्दर, यह आदमी सामने कभी नहीं आया। बस, मैं कभी-कभी सपने में इसकी आवाज-भर सुनती हूँ !

क्यों इतना रंज है ? क्यों ऐसी गालियाँ बकता है ? कौन है तू ?

मैं हथेलियों से अपने कान मूँद लेती हूँ···

मुझ पर तमाचे पड़ते हैं। एक, दो, तीन, चार और पाँच···लगाओ, कितने तमाचे लगाते हो।

और मुझको रुलाई नहीं आती, लेकिन आँसू बहते रहते हैं चुपचाप ! कान सुन्न पड़ गए हैं···मैं सो जाती हूँ सपने में ही, फिर महसूस करती हूँ, किसी मर्द का बदन मेरे बदन को कसकर दबा रहा है···

नींद में कपड़े खराब हो जाते हैं !

लेकिन यह मर्द कौन था ?

मस्तराम तो नहीं था, तो फिर कौन था ?

सपने में आज भी वह मुझसे सटकर सोया था···वह कौन था ?

तू कब तक मेरी तरफ यह लापरवाही बरतेगा मस्तराम ?

जाड़े का दिन।

सूरज छिपने ही वाला है। मैं कब तक यहाँ मनहूस बैठी रहूँगी ? यहाँ रेडियो भी तो नहीं है। वहाँ जमनिया में रेडियो था। कई रेडियो-सेट थे। मेरे लिए अलग था।

भगौती से कहूँगी, रेडियो मँगवा लें।

भगौती इधर ही कहीं घूम रहे हैं। आसपास के शहरों में चक्कर लगाना पड़ता है। बतला रहे थे, मुकदमे में बड़ा खर्चा पड़ेगा। बड़े-बड़े भगत लोग ध्यान दें तो आसानी से चार-पाँच हजार रुपये इकट्ठे हो जाएँगे। संयोग की बात कि बाबाजी गिरफ्तार हुए, उन पर मुकदमा चलेगा। मठ की इज्जत पर इस मुकदमे का बुरा प्रभाव पड़ेगा। इलाके

में पढ़े-लिखे लोग मठ के खिलाफ थे ही। अब आम लोगों में भी इस मुकदमे को लेकर कई तरह की ऊल-जलूल चर्चाएँ चल पड़ेंगी। मुकदमा लम्बा खिंचा तो और भी बुरा होगा।

भगौती दो-दो, तीन-तीन रोज बाद देकर इधर आते रहेंगे। बाबा और मस्तराम की जमानत के लिए भी उन्होंने बड़ी कोशिश की, लेकिन हाकिम टस से मस न हुआ।

बेचारे भगौती !

कितने सूख गए हैं। चेहरा कैसा उदास हो गया है। जमनिया में कभी मैंने भगौती के चेहरे पर दाढ़ी की खूँटियाँ नहीं देखीं। परसों जेल के गेट से निकलकर बाहर हुई तो सामने रिक्शे के पास भगौती मौजूद थे। मेरी अगवानी में आए थे, नहीं, मुझे लेने आए थे। लगा, बालों में कई दिन से कंघी नहीं पड़ी है।

मेरी ही तरह भगौती भी सूख गए हैं। शायद लालता प्रसाद भी सूख गए होंगे। रामजनम भी सूख गया होगा, सुखदेव भी। सारा मठ उदास लगता होगा। लगता है, मठ की किस्मत को गहन लग गया है।

महाराज सामने आकर खड़ा है।

आज महरी नहीं आई ! बरतन ढेर सारे माँजने को पड़े हैं। चाय और नाश्ते-भर के लिए दो-तीन हल्के बरतनों को महाराज ने धो लिया है। अब पूछने आया है "नाश्ता क्या बनाऊँ माईजी ?"

"रोज जो बनाते हो ! क्या है भण्डार में ? बेसन है ? चिउड़ा है ? सूजी है ? क्या-क्या है ?"

"जी, हलुआ हो सकता है।"

"तो वही बना लो !"

महाराज रसोईघर की ओर जाता है। मैं छत पर निकल आती हूँ।

इर्द-गिर्द छोटे-बड़े मकानों का जंगल है, कोई सिलसिला नहीं है मकानों का। दूर, काफी दूर पर पानी की टंकी नजर आती है। बहुत ऊँचाई पर टँगी है। समूचे शहर में इतनी ऊँचाई पर और कोई चीज नहीं है। पतंग उड़ाने का मौसम नहीं है यह, फिर भी पूरब की तरफ एक छोकरे ने पतंग की डोर थाम रक्खी है। नीले रंग का स्वेटर पहने

हुए है, ऊपर आकाश में पीले रंग की एक पतंग फहरा रही है। वह बहुत ऊँचाई पर नहीं है।

बचपन में मैंने भी पतंग उड़ाई है। मेरे बड़े भाई को पतंग उड़ाने का बड़ा शौक था···

तीन तरफ से आने वाली रेलवे लाइनों का अड्डा है इस नगर में। यहाँ, छत पर से पच्छिम की ओर देखने पर दो अलग-अलग दिशाओं में जाने वाली रेल की पटरियाँ दिखाई दे रही हैं। उत्तर की ओर से माल-गाड़ी आ रही है। बहुत लम्बी है। चाल इतनी धीमी है कि जुड़े हुए डिब्बे अजगर की रफ्तार में आहिस्ते-आहिस्ते सरक रहे हैं। माल के इन डिब्बों में जाने क्या-क्या भरा होगा ! चावल, चीनी, गेहूँ, कपड़े, तेल और डालडा···नहाने-धोने के साबुनों का ढेर लगा होगा। बाजार की सारी चीजें माल के इन्हीं डिब्बों में तो लदकर आती हैं।

दक्षिण की ओर सरकारी कालेज के बड़े-बड़े मकान हैं। वह मकानों के आगे फैला है, खेलने का मैदान। लेकिन अभी पूरा का पूरा मैदान खाली पड़ा है। पता नहीं, मेरे यहाँ रहते इस मैदान में कोई मैच होगा या नहीं। मैंने बचपन में अपने गाँव के पास वाले शहर में स्कूली लड़कों का मैच देखा था। फिर कहाँ मौका मिला ? अब शायद कालेज के इस मैदान में बड़ी उम्र वाले लड़कों और नौजवानों का फुटबाल उछालते देखूँगी।

गर्म कड़ाही में पानी डालने की आवाज आई···महाराज ने सूजी भूँज ली है, अब चीनी डालने वाला है। लेकिन हलवे के साथ चाय भला ठीक रहेगी ? चलो, बाजार से नमकीन मँगवा लूँ। हलवाई की दूकान दूर नहीं है।

लेकिन महरी कहीं दो-चार रोज नहीं आई तो महाराज बेचारा परेशान हो जाएगा। मैं मल देती सारे बरतन। मेरा जी करता है रसोई का ज्यादा-से-ज्यादा काम खुद कर लूँ। मगर ये लोग मुझे एक भी काम करने नहीं देंगे। इनकी निगाहों में मैं एक औरत नहीं, बल्कि साधुआइन हूँ। इमरतीदास महाराज। बाबा इमरतीदास। इस नाम से लोगों को यही लगेगा कि यह माई किसी बड़े अखाड़े की महंथिन होगी या किसी बड़े धर्माचार्य की चेली होगी, या अवधूतिन होगी किसी पंथ की·· माई

इमरतीदास : बुरा नाम तो नहीं है। सुनते ही दिल में घर कर लेता होगा···

यह रसोइया हमेशा अपने को अदना सेवक समझता है। सारे काम अकेले करेगा। मुझको तिनका भी नहीं छूने देगा !

साधू हो जाने पर आदमी इन्सान नहीं रह जाता है। लोग उसे अपने से अलग, अपने से ऊँचा मानते हैं। उससे उपदेश लेंगे, काम नहीं लेंगे! साधू से काम ले लिया तो माथे पर पाप का बोझा चढ़ेगा, यानी महरी के सारे काम महाराज खुद ही करता जाएगा और मैं निठल्लेपन की सजा काटती रहूँगी।

इस तरह मैं अन्दर-ही-अन्दर घुटती रहूँगी। मैं बीमार हो जाऊँगी। चार महीने यहाँ बैठे-ठाले इसी तरह खाती-पीती रही तो मादा सूअर जैसी लेटी पड़ी रहूँगी, जिसके लिए साँस लेना भी मुश्किल होता है।

रसोईघर से लगे हुए बरामदे में महाराज ने कई तहों में लपेटकर काले कम्बल का आसन डाल रक्खा है, काँसे का लोटा, काँसे का गिलास। दोनों झकाझक चमक रहे हैं। काँसे की थाली में हलुआ सामने आ गया है। मैं आसन पर बैठती हूँ।

"सुनो, बाजार से समोसे ले आओ, चाय पीछे बना लेना !"

"जी, अभी लाया।"

वह बाहर निकला।

मेरी तबीयत कर रही है, आसन से उठकर जल्दी-जल्दी में बर्तन धो लूँ। वर्षों बीत गए, मैंने बर्तन नहीं धोए। जाने क्यों, झाड़ू पकड़ने का जी करता है।

बर्तन धो ही लिये तो क्या होगा ?

महाराज को बुरा लगेगा। लगेगा, मैंने उसको सबक सिखाने के लिए बर्तन धोए हैं। बेचारा डर जाएगा। उसके प्राण साँसत में पड़ जाएँगे।

मालूम होने पर भगौती को भी अच्छा नहीं लगेगा···लेकिन, मैं रोज-रोज थोड़े बर्तन साफ करूँगी ? मुझे किसी को चिढ़ाना नहीं है, न अपनी भलमनसाहत का सबूत ही देना है किसी को ! यह काम तो अपनी मर्जी से करूँगी। करने को ढेर सारे काम पड़े हों, फिर कोई किसी का

हाथ क्यों नहीं बँटाएगा ?

झटपट नाश्ता करके उठती हूँ और फुर्ती से बर्तन धो लेती हूँ। ज्यादा नहीं हैं, कहाँ हैं ज्यादा ! दो भगौना, एक पतीला, तीन कटोरे, दो थालियाँ और एक लोटा और दो गिलास। सारे के सारे पीतल और काँसे के बर्तन हैं। बम्बे में खूब पानी आ रहा है। राख पड़ी है, रगड़ने के लिए सूखी गीली घास की मूँठ एक ओर रक्खी है। दस मिनट के अन्दर मैं बर्तनों को माँज-धोकर चमका देती हूँ, फिर साबुन से अपने दोनों हाथ धो लेती हूँ।

इतने में समोसे लेकर महाराज आता है। मैं उससे कहती हूँ—"पहले नाश्ता कर लो, फिर चाय तैयार करना।"

वह सीधे रसोई के अन्दर चला गया है।

थोड़ी देर में चाय और समोसे लाकर सामने रख जाता है। मेरी ओर देखता नहीं है। शायद, अन्दर-ही-अन्दर बहुत कुछ सोच रहा है। वह मुझको समझ नहीं पा रहा है शायद। लगता है, डर गया है।

इस वक्त महाराज से कुछ नहीं कहूँगी। कोई कैफियत नहीं दूँगी कि मैंने क्यों बर्तन धो लिये। पीछे वह खुद ही समझ लेगा।

पिछले तीन दिनों से जेल के अन्दर यहाँ का खाना नहीं पहुँचा है। अब इसकी जरूरत नहीं रह गई। वहाँ बाबा के लिए अलग से क्वार्टर मिल गया है। खाना बनाने के लिए एक ब्राह्मण कैदी जेल वालों की तरफ से बाबा को मिला है। बी-डिवीजन के बाबू कैदी को जितना आराम मिलता है, जितनी छूट मिलती है, वह सब बाबा को मिली है। इस तरह बाबा के लिए जेल अब जेल नहीं रह गई।

इतना बड़ा मकान भाड़े पर क्यों लिया गया ? भगौती से पूछूँगी। लेकिन, सही-सही बतलाएँगे नहीं। न बतलाएँ ! मैं बार-बार पूछूँगी भी नहीं। क्या करूँगी पूछकर ?

चार कमरे नीचे। तीन ऊपर। एक छोटी-सी कोठरी छत पर। आठ कमरे हैं मकान में। ऊपर का एक कमरा भगौती ने बन्द कर रखा है। दो कमरे भगतों और जजमानों के लिए रखे गए हैं। नीचे बड़े रूम में जाने किसका सामान बन्द है। कहते हैं, गोरखपुर का सेठ है जिसका

नेपाल में भी कारोबार है। दो कमरे भगौती ने मुझे दिए हैं। चौथा भण्डारकर के काम आता है। रसोइया बरामदे में चारपाई पर सोता है।

मैंने एक कोठरी में पूजा-पाठ का अपना सामान जमा लिया था। परसों शाम, यही काम तो करती रही।

अपने गुरू महाराज की दी हुई चन्दन की माला है मेरे पास। सात साल से यह माला मेरे पास है। एक सौ आठ मनके हैं। गजब की खुशबू आती है इस माला से। मामूली चन्दन की सुगन्ध नहीं, बहुत आला दर्जे की खुशबू। इसके अलावा पीतल का एक कमण्डल है। रामचरित-मानस और गीता हैं। रेशम के पीले टुकड़े में लिपटा हुआ गुरू महाराज का एक फोटो है, छोटे फ्रेम में मढ़ा हुआ।

पूजा-पाठ का यह सामान मैंने जमनिया से मँगवा लिया है। पहले ही पता चल गया था कि मकान ले लिया गया है और हवालात से छुटकारा पाने पर मुझे अभी कुछ दिनों तक यहीं रहना है। अपने कपड़े भी आ गए हैं। ओढ़ने के लिए एक कम्बल और खरीद लूँगी। सुना है, खादी भण्डार में बहुत अच्छे कम्बल आए हैं। भगौती से कहूँगी, ला देंगे।

"भोजन तैयार है माईजी !"

"कितने बजे होंगे महाराज ?"

"जी, आठ से ऊपर होता है।"

"आती हूँ चलो !"

महाराज खाना अच्छा बनाता है। आलू-गोभी, भिण्डी की भुजिया, टमाटर की मीठी चटनी और पराँवठे। थाली से अलग तीन कटोरे। एक और कटोरे में मलाई है।

जमनिया का रसोइया भी इसी तरह थाली जमाता था। कम्बल का आसन भी इसी तरह बिछाता था। लोटा-गिलास भी इसी तरह दाहिनी तरफ रखता था।

"जमनिया गये हो महाराज ?"

"जी सरकार, दो बार। वहाँ जो बाबाजी प्रसाद तैयार करते हैं, मैं उन्हीं का ममेरा भाई हूँ।"

"यहाँ कैसे पहुँच गए ?"

"भगौती बाबू से जमनिया में मेरे भाई ने बतला दिया था। मैं यहाँ कई साल से रसोइया का काम कर रहा हूँ। दो-तीन बंगाली परिवारों में काम कर चुका हूँ। आपको भगौती बाबू ने बतलाया ही होगा। बाबा के नाम पर मालिक से दो महीने की छुट्टी मिली है।"

मैं धीरे-धीरे पराँवठे तोड़ रही हूँ।

महाराज गौर से मेरी तरफ देख रहा है।

भूरे रंग का, बिना बाँहों वाला स्वेटर और उसके नीचे हाफ कमीज। मैं परसों से इस आदमी के बदन पर यह पहनावा देख रही हूँ···पुराना स्वेटर और पुरानी कमीज !

महाराज के लिए नया स्वेटर बुन दूँ ?

लेकिन बुनूँगी कैसे ? जानती भी तो नहीं !

चाहूँ तो सीख ले सकती हूँ। पड़ोस के मकान में औरतें दुपहर के बाद ऊन की लच्छियाँ और काँटे लेकर यही धन्धा तो चलाती हैं···

अनजाने भिण्डी की भुजिया चट कर गई हूँ। महाराज एक गर्म पराँवठा डाल गया है और भिण्डी की भुजिया भी। इसे किसने बतला दिया कि मुझे भिण्डी की भुजिया अच्छी लगती है !

लेकिन, खुद बिनाई सीखूँ चाहे न सीखूँ, महाराज के लिए बाजार से ऊन तो मँगवा लूँ ! पड़ोस में किसी से बिनवा दूँगी···

देखते-देखते, चार-पाँच पराँवठे दबा गई मैं।

संकोच-भरी आवाज में महाराज बोला—

"माईजी, आपको शायद पूड़ियाँ पसन्द नहीं हैं। मुझे जमनिया में भाई ने बतलाया था : जमनिया में कुछ ऐसे भी साधू हैं जिन्हें पूड़ियाँ अच्छी नहीं लगती हैं। हुकुम हो तो कल बथुआ की कचौड़ियाँ तलूँ···"

मैं हुलसकर बोल उठती हूँ—"बथुए की कचौड़ियाँ ! जरूर बनाओ भाई !"

वह खुश हो गया।

मैंने देखा, छोटी-छोटी मूँछों में वह अपनी खुशी को उलझाए हुए है। मुस्कान को फड़कते होंठों में दबा रखा है। लेकिन आँखें पूरी तौर

पर फैल गई हैं।

उसका खिला हुआ चेहरा मेरी निगाहों को बेहद भाया। इच्छा हुई, देर तक देखती रहूँ उसका मुखड़ा···अपलक, एकटक निहारती रहूँ !

जाने, कितने वर्षों बाद मैं किसी पुरुष का प्रसन्न मुख देख रही हूँ !

"हाँ, मुख-कमल भला और क्या होता है !"

"माईजी, आपने मलाई क्यों छोड़ दी ?"

"तुम्हें नहीं अच्छी लगती ?"

वह शर्मिन्दा हो गया। सामने से हटकर दूसरी तरफ चला गया। बरामदे के उस छोर पर बाहरी कमरे का दरवाजा था। बन्द था। वह लौटकर रसोई वाली कोठरी के अन्दर चला गया।

मन-ही-मन कहती हूँ : अजीब आदमी है ! इतना शर्माने की क्या जरूरत है ? रात-दिन यहाँ साथ ही तो रहना है।

यह वर्षों साथ ही रहेगा, फिर भी शर्माता रहेगा। इसका संकोच नहीं टूटेगा। लाज-संकोच का दायरा तभी मिटता जबकि मेरे प्रति इसके मन में गाढ़ा अपनापन पैदा होता। मैं इसकी बहन, भाभी, साली, छोटी चाची नहीं हो सकती। फिर यह भी तो नहीं है कि मैं कोई मामूली औरत हूँ। मैं तो जमनिया मठ की सधुआइन हूँ, बाबा इमरतीदास महाराज। कितना भी घुलना-मिलना चाहूँगी, एक हद तक मर्यादा का पालन करना ही पड़ेगा। मेरी तरफ से मर्यादा में कमी होगी तो भी बाबाजी सेवक की अपनी मर्यादा नहीं छोड़ेगा। ठीक है मैं इसको नहीं छेड़ूँगी। शर्माता है, शर्माता रहे। झिझक और डर इस आदमी का पिण्ड नहीं छोड़ते हैं, न छोड़ें।

कल से आरती उतारूँगी। वर्षों से गुरू महाराज के फोटो की आरती उतारने का नियम निभाती आई हूँ। इधर जेल-फेल के झमेले में पूजा-पाठ, आरती सब छूट गया। पाठ तो थोड़ा-बहुत जबानी भी चलता रहा, लेकिन आरती कल पूरे पन्द्रह दिन बाद उतारूँगी। पीतल का पंच-प्रदीप पूजापाठ की सामग्री में आ गया है। सवेरे रूई मँगवा लूँगी। बिना आरती के जी को तसल्ली नहीं होती है। मेरी कोशिश बराबर से रही है कि आरती न छूटे। भक्तों की भीड़ में खड़ी होकर, घड़ियाल और नगाड़े

की चोटों के बीच, अपने इष्ट की आरती उतारना मुझे कभी नहीं आया। वह तो अच्छा-खासा तमाशा हो जाता है। खैर, मठों में, मन्दिरों में इन तमाशों का रंग और रौब जरूरी होता होगा। बिना इनके आम लोगों की भीड़ कैसे खिंचेगी, श्रद्धा में उफान कैसे आएगा !

कल डंडे नहीं थे, आज आए हैं, मसहरी लगा दी गई। मच्छर ज्यादा नहीं हैं। दस-पाँच जरूर हैं और वे पहले तो मीठा संगीत सुनाते हैं और बाद में इन्जेक्शन देना शुरू करते हैं। परसों और कल बिना मसहरी के ही सोयी। चेहरे पर चार-छः निशान उभर आए हैं। मच्छरों के काटने पर उभड़ने वाले निशान मेरी निगाहों को अच्छे लगते हैं। चेहरे के अलावा बदन के दूसरे हिस्सों पर भी इस तरह के दो-चार निशान उभरे होंगे, मगर उनका पता बेचारा छोटा आईना कैसे देगा !

रात के दस बजने वाले हैं। पड़ोस के मकान से दीवाल-घड़ी की आवाज अभी-अभी आई। मैं थोड़ी देर में सो जाना चाहूँगी।

दुपहरिया की नींद गर्मी के मौसम में जमती है। लेकिन मैं तो आधी बीमारी की हालत में हवालात से बाहर आई हूँ। दिन में भी सो लिया था। जाड़े का दिन कितना छोटा होता है ! रात सारी की सारी नींद में तो नहीं कटेगी। लेटे-लेटे कम्बल के अन्दर मन जाने कहाँ-कहाँ का चक्कर लगाता रहेगा ! इन्सान थकान से चूर-चूर होकर बिस्तरे पर लेटता है तो एक ही करवट में रात बीत जाती है। मेरे भाग्य में उस तरह की थकान नहीं बदी है।

लेट जाऊँ ?

महाराज आकर मसहरी ठीक कर जाएगा, स्विच आफ कर देगा।

पानी तो रख गया है न ? जरूर रख गया होगा !

कपड़े तो बदल लूँ ! नहीं बदलूँ ?

नहीं, बदलूँगी कि ! गेरुआ रंग के हैं तो क्या हुआ, हैं तो सिलकन। बिना किनारियों की रेशमी धोतियाँ, गाढ़े गेरुआ रंग में रँगी चार हैं अपने पास। चादरें भी चार हैं। ठीक है, रोज-रोज इन्हें धोया नहीं जाता, लेकिन रात को बदल तो लेती ही हूँ।

ओह ! कोई होती इस वक्त। बसमतिया, शिवकली, रमिया···कोई

होती। औरत नौकर होती। महाराज से अपने सारे काम तो मैं ले नहीं सकती !

पीठ वाली चुटपुटिया बटन किस तरह कड़ी पड़ गई है ! लगता है, तोड़ना ही पड़ेगा !

दीवारों में दोनों तरफ बड़े आईने होते तो खुद भी छुड़ा लेती।

वहाँ जमनिया में, अपनी दूसरी कोठरी के अन्दर दो बड़े आईने टँगवा रखे हैं। फिर, यह भी तो था कि वहाँ दो-चार औरतें हमारी सेवा में लगी ही रहती थीं। कुछ भगतिनों का भी आना-जाना लगा रहता था···यहाँ तो बस अकेला रसोइया है, उससे क्या-क्या सेवा मैं लूँगी ? और हर बात के लिए उससे कहा भी नहीं जा सकता।

गेरुआ वाली सूती धोती का अद्धा कमर से लपेटती हूँ···मैं अब दस-पाँच वर्षों के अन्दर ही बूढ़ी हो जाऊँगी। बूढ़ी नहीं होऊँगी ? उम्र बीतने पर सभी औरतें बूढ़ी होती हैं। बुढ़ापा क्या मुझको ही छोड़ देगा ?

इमरितिया, तू बड़ी बेवकूफ है ! तुझसे बढ़कर गधी इस दुनिया में और कोई नहीं होगी···

नहीं, तू गधी भी नहीं है। काठ है, पत्थर है, कूड़े का ढेर है तू ! तू भला गधी कैसी होगी ? वह तो एक अच्छी भली जीव होती है, चार पैरों वाली मादा। सही-सलामत कपड़ों के गट्ठर ढोकर घाट तक पहुँचाती है, फिर उन्हें वापस लाद लाती है ! तू कौन-सा काम करती है ? किसका बोझा ढोती है ?

मैं ? मैं भी बोझा ढोती हूँ। भारी-भारी गट्ठर अपनी पीठ पर लादकर दूर-दूर का फासला तय करती हूँ। मैं बहुत भारी पहाड़ लादे घूम रही हूँ, जाने कितनी चट्टानों को मैंने कहाँ से कहाँ पहुँचा दिया है ! मामूली गधी भला मेरा क्या मुकाबला करेगी ?

शुरू कर दिया फिर भंग पीना ?

अभी तो नहीं, चार-छै दिन बाद शुरू करूँगी। बिना भंग के माथा नहीं फट जाएगा ?

चरस ने क्या कसूर किया है ? उसे क्यों छोड़ देगी। गाँजे की लपट जितनी ऊँची उठेगी, ज्ञान का इस्पाती लोहा उतना ही लाल होगा···

किसी ने कोई कसूर नहीं किया है। यहाँ सबका स्वागत है।

अफीम और मर्फिया का भी ?

मैं थोड़ी देर तक मुस्कुराती रह जाती हूँ। मुझे अब पूजा वाले कमरे के अन्दर जाना पड़ेगा। इसी वक्त। वहाँ छोटा आईना आले पर रखा है। मैं उसमें अपनी आँखों से आँखें मिलाऊँगी। बहुत दिनों से मैंने अपने होंठों का खिलना नहीं देखा है।

जंगले तो बन्द हैं न ! अच्छी तरह बन्द हैं ?

हाँ, अच्छी तरह बन्द हैं। बाबाजी रोज शाम को ही इन जंगलों-रोशनदानों को भली-भाँति बन्द कर देता है। महाराज अपने कामों में बड़ा चौकस रहता है।

वह गाफिल नहीं है। बाहर से जैसा सीधा-सादा, गाबदू दिखाई देता है, अन्दर से वैसा नहीं है। काफी चतुर है।

लेकिन उस कोठरी में पचीस यूनिट वाला बल्ब लगा है, तू आईने में खुलासा नहीं देख पाएगी अपने को। देख पाएगी ?

जूड़ा अभी-अभी खोला है। मूँज की पतली डोरी से इन फीके बालों को बाँध लेती हूँ··· सधुआइन रेशम की काली डोरी से भला अपना जूड़ा बाँधेगी ? सारे बालों को समेटकर माथे के ऊपर उठा देती हूँ। बँध जाने पर वे कैसे लगते हैं ?

बच्ची घोड़ी की पूँछ की तरह !

गले में रुद्राक्ष के छोटे दानों की माला बुरी नहीं लगती है। सोने के तारों में गुथी है··· इस तरह की और भी कई मालाएँ अपने पास हैं। कानों से छोटे रुद्राक्षों के झुमके लटका करते हैं। शाम की पूजा के बाद ही उन्हें उतार डालती हूँ। दिन में अक्सर अँगूठियाँ भी डाल लेती हूँ।

मस्तराम मुझे अँगूठियों में देखना पसन्द नहीं करता। मैं अँगूठियाँ पहनकर दिख जाऊँ तो मुँह बनाता है मस्तराम। कहता है: कपूरथला की रानी !

मस्तराम उजड्डु है।

जंगली है मस्तराम।

मेरा बस चलता तो मस्तराम को निकाल बाहर करती। जानवरों

को बाबा क्यों पालते हैं ? इस साँड की क्या दरकार थी मठ को ?

बेचारा आईना !

अभागा शीशा !

तू कितना छोटा है ! कितना तंग ! कितना साफ़ ! कितना सच्चा ! कितना सीधा ! कितना हमदर्द !

आ, पहले तुझे सीने से लगा लूँ !

आ, चूम लूँ तुझे !

हाय, तेरे सीने पर इन होंठों के निशान उभर आए···मुँह के भाप की छाप पड़ी है, होंठ निखर पड़े हैं साफ-साफ !

कितना साफ है तेरा अन्दर-बाहर !

मस्तराम का भी अन्दर-बाहर साफ है। लेकिन कण्डे की आँच भी है उसमें। उससे घमण्ड का धुआँ निकलता रहता है। उस आग में लोहा गलाकर बाबा 'लौहभस्म' तैयार करते हैं। भगौती और लालता स्वर्ण-भस्म···

मेरे किस काम आएगी यह आँच ?

कण्डे के इस धुएँ से मेरा क्या बनेगा ?

इस भट्टी में डाल दूँ तो गलकर अर्क नहीं बन जाऊँगी ?

अब कौन-सा अर्क बनेगा इस तन-मन को गलाकर ! सीठी से कौन क्या निकाल लेगा ?

आईने में नजरों के पार कितने चेहरे झाँक रहे हैं ! गिन लो इमरती-दास, गिनो···

एक। दो। तीन। चार। पाँच। छै। सात···

अरे, और गिनो भाई !

सूअर। गैंडा। बाघ। हाथी। ऊँट। गीदड़। साँड···

आदमी के चेहरे नहीं हैं।

जानवरों के हैं ?

हाँ भाई, जानवरों के चेहरे हैं···

तुम इन्हें पहचानती हो भाई इमरतीदास ?

अच्छी तरह पहचानती हूँ भाई !

धोखा तो नहीं खा रही हो ?

नहीं, अब क्या खाऊँगी धोखा ! इन सभी से निबटना पड़ा है मुझे तो···

बताती क्यों नहीं खुलकर ?

साधुओं के लिए बकबक करना मना है न !

फिर आईने में क्या झाँक रही हो ?

झाँकूँगी क्या, मन बहला रही हूँ। मेरी माँ कहा करती थी : सोचते-सोचते माथा फटने लगे तो शीशा देख लिया कर···

शीशा देखते-देखते मेरा जी कभी भरता नहीं। न भरा, न भरेगा। हाँ अन्धी हो जाऊँ तब छूटे शीशा तो छूट भी जाय !

जमनिया वाले दोनों बड़े आईने मुझे दिन-रात याद आते हैं।

रानी साहब ने भिजवाए थे।

दो-ढाई महीने भगौती की कृपा से स्टोर में पड़े रहे।

भगौती इन्हें अपनी लड़की के लिए रख लेना चाहते थे; दामाद को भेजना चाहते थे। ऐन मौके पर मस्तराम को पता चल गया।

उस रोज मस्तराम कितने जोरों से चिल्लाया !

चिल्लाकर मस्तराम ने कहा था : आईने भगौती के बाप ने नहीं दिए हैं ! शिवनगर की रानी ने मठ के लिए भिजवाया है। हाते से बाहर नहीं जाएँगे ये···

अब बोलो माई इमरतीदास, क्या पड़ा था मस्तराम को ! वह आखिर क्यों इस तरह उन आईनों के लिए चीखा था ?

उन बड़े आईनों की छाया में मस्तराम कौन-सी छवि देख रहा था मन-ही-मन ?

बोलो इमरतीदास, बोलो ! चुप क्यों हो गई ?

बतला दूँ क्यों हो गई चुप ?

न सही, न बतलाओ···

मस्तराम की कल्पना में वह छवि मेरी थी जो उन बड़े आईनों के अन्दर बार-बार झाँक रही थी···

मस्त लाख जंगली हो, लाख उजड्ड हो मस्तराम, उसके दिल की स ी

तहों के नीचे कहीं-न-कहीं एक इन्सान छिपा बैठा है !

अरे ! यह क्या हुआ ?

एकाएक बिजली क्यों आफ हो गई !

महाराज, क्या किया तुमने ? मेन स्विच क्यों ऑफ कर दी ?

बाबाजी···

अरे माई जी, जग रही हैं आप ? मैंने तो समझा आप सो गई हैं ।

अरे, जाग रही हूँ मैं तो !

दो मिनट रहने दो अभी···ऑन करो मेन लाइन बाबा।

अच्छा महाराज !···यह लीजिए !

देखो तो, इस बुद्धू ने क्या कर दिया !

नींद नहीं आ रही है ।

महाराज सो गया होगा ।

बाहर बरामदे में कैसे सोता है ?

जाड़ा लगता होगा ।

नहीं लगता होगा ।

ऊँह ! लगता होगा कि···

अन्दर कमरे में क्यों नहीं सोता है ?

पूजा वाला कमरा तो था, उसी में क्यों नहीं सोएगा ?

कल उससे कहूँगी, उसी में सोएगा ।

आहिस्ते से निकलकर बॉथरूम में जाती हूँ ।

बरामदे से होकर आँगन में उतरने के लिए तीन सीढ़ियाँ पड़ती हैं।

महाराज चारपाई पर चित लेटा है ।

चादर बदन पर नहीं है, हट गई है ।

दाहिनी जाँघ खुली है···

कैस लुभावनी है !

बॉथरूम से वापस आती हूँ ।

बिस्तरे पर चुपचाप लेट जाती हूँ···

अभी देर तक नींद नहीं आएगी । महाराज की जाँघ दिमाग के चकले पर बेलन की तरह फिर रही है । महाराज का चौड़ा सीना, और

चौड़ा होकर मेरी छाती से सट जाएगा···जाग रही हूँ कि सपना देखने लगी हूँ ?

क/ख/ग/घ/च/छ/ज/झ/ट/ठ/ड/ढ/त/थ/द/ध/प/फ···

गुरू महाराज ने कहा था : बुरे ख्यालों का हमला हो और नींद न आ रही हो तो वर्णमाला को दुहराओ, पहाड़े की गिनती दुहराओ : सीधे दुहराओ, उल्टे दुहराओ : जरूर नींद आ जाएगी···

फ/प/ध/द/थ/त/ढ/ड···ड/ढ़/त/थ/द/ध···ध/च/फ/ग···ग/ग/द/द/द/द/द/द/द/···

आ गई नींद। आ गई।

खूब गाढ़ी नींद नहीं आई।

सपने तो आने ही थे। इन रातों में सपने बहुत ही आते थे। ऊट-पटाँग सपने।

थोड़ी देर में पौ फटनेवाली है।

एक-आध झपकी अभी और ले सकती हूँ···पलकों को मूँदे ही करवट बदल लेती हूँ···शाम को आज चाय के साथ सहजन के फूलों के पकौड़े रहें तो अच्छा···बाबाजी की जनेऊ कितनी गन्दी है !

भोर की झपकियों में सपने मस्तराम को ले आए ! मस्तराम ने बेचारे रसोइये को दो झापड़ लगा दिये···भाई, यह क्या कर रहे हो ? क्यों पीटते हो गरीब ब्राह्मण को ? क्या कसूर है इसका ?

"महाराज, पानी गर्म करो। सबेरे-सबेरे नहाना चाहती हूँ। चाय का पानी फिर चढ़ाना !"

"जी हजूर !"

"तुम नहा चुके ?"

"जी, माईजी !"

"महरी नहीं आई ?"

"आएगी आज। अभी उसका लड़का कहने आया था।"

"चलो अच्छा हुआ !"

आज महरी आएगी। महाराज को आराम रहेगा।

आराम ही आराम है। कौन-सा पहाड़ तोड़ना है ! कुल जमा दो

पेटों के लिए पाव-आधा सेर आटा गूँथना होता है, चार-छै आलू सीझ जाते हैं, बस ! ··· लेकिन, बेचारे को मस्तराम ने नाहक ही पीट दिया ?

खैर, वह तो सपने की बात थी !

मस्तराम झगड़ जरूर लेगा, हाथ नहीं उठाएगा किसी पर।

हाथ नहीं उठाया तो जेल में क्या करने गया है ?

भगौती की बेवकूफी से !

भगौती ने कहाँ कहा था कि किसी को पीटते-पीटते अधमरा ही कर दो !

बेंत लगाकर दुआ देने का रिवाज भगौती ने ही तो चालू किया था। दूसरे के दिमाग में कहाँ आई थी यह बात ?

अब की फँसे हैं बच्चू ! बड़े समझदार बने फिरते थे। घमंड के मारे पैर नहीं पड़ता था जमीन पर। जमनिया मठ का सारा कारोबार एक ही आदमी के इशारे पर चलता रहा है। लाला भगौती प्रसाद अपने को मठ का सर्वेसर्वा मानते हैं। बाबा को उन्होंने दस-बारह वर्षों से फाँस रखा है।

अभागे मस्तराम ? तुम क्यों इनके फन्दे में फँसे आकर ? कौन-सा सुख दिखाई पड़ा जमनिया के बाबा की छाँह में ? दुनिया में कोई और जगह नहीं थी क्या ?

लेकिन नहीं, मस्तराम ही भगौती के घमंड को चूर-चूर करेगा। साल-दो साल जेल रहेगा, फिर मस्तराम छूट आयेगा। उसको अब की जमनिया वाले अपने फन्दे में नहीं रख सकेंगे। किसी और जगह को मस्तराम अपना अड्डा बनाएगा।

मैं मस्तराम के साथ निकलूँगी। मुझे छोड़कर वह अकेले नहीं जा सकता।

मैं उसकी राह देखूँगी। उसको मैं जमनिया के मठ में नहीं रहने दूँगी। हम दोनों इस नरक से साथ-साथ छुटकारा पाएँगे।

बेचारी लक्ष्मी ! तूने जहर खाकर इस नरक से छुटकारा पाया था न ? तेरा छै महीने का बच्चा टुकड़े-टुकड़े करके अग्निकुण्ड के हवाले कर दिया गया। अपने लाड़ले को तू बचा न सकी। बाबा को गालियाँ

देती-देती पागल हो गई। फिर तुझे बुखार चढ़ा। उसके बाद तेरा क्या हुआ, किसी को पता नहीं चला। लोगों को इतना-भर मालूम है कि जमनिया मठ की एक सधुआइन, लक्ष्मी अवधूतिन, जहर खाकर मर गई।

क्वार के महीने में उस वर्ष मठ के अन्दर धूमधाम से दुर्गापूजा हुई थी। चण्डी मइया को मनुष्य की बलि दी गई थी। महीनों पहले से इस नरबलि का प्रचार किया गया था।

महाअष्टमी की रात में, देवी की प्रतिमा के सामने छै महीने का एक शिशु खड़ा किया गया। उसकी कमर में रेशमी वस्त्र का लाल टुकड़ा लपेटा हुआ था। गले में लाल फूलों की माला थी। माथे पर सिन्दूर का टीका था।

पूजा के मण्डप से बाहर ज़ोरों से बाजे बज रहे थे। नगाड़े, घड़ियाल, सिंगा, माँदर, झाल, करताल, शंख···हजारों की भीड़ थी। अलग मैदान में चारों तरफ मेला और बाजार।

बकरी के बच्चे की तरह, आदमी के उस बच्चे का सिर धड़ से अलग कर दिया गया। खून के फव्वारे देवी की तरफ छोड़े गए। शिशु-मुंड को देवी के चरणों में, महिषासुर के पास डाल दिया गया।

पीले वस्त्रों में, पुजारी-जैसा दिखने वाला वह आदमी तलवार लिये खड़ा था। खून से सनी हुई तलवार पैट्रोमेक्स की रोशनी में चमक रही थी। वहीं पास में मुंडहीन शिशु-शरीर लहू में लथपथ पड़ा था। भिचे हुए प्राणों का स्पन्दन पैरों और हाथों को बीच-बीच में हिलाए दे रहा था।

तलवार में उँगली छुआकर उस हत्यारे ने बाबा के ललाट में रक्त की टीका लगाया। भगौती, लालता, ठाकुर, सुखदेव सब थे। सबके माथों पर लहू के गीले टीके लगाए गए।

फिर बच्चे की देह को उस निठुर आदमी ने कई टुकड़ों में काटा। फिर वे टुकड़े एक-एक करके हवन-कुण्ड में डाल दिए गए। जलते हुए मांस की दुर्गन्ध को दबाने के लिए सेरों गुग्गल, कपूर, जौ, तिल, सुपारी आदि तो आग में डाले ही गए, ऊपर से आधा टीन शुद्ध घी भी डाल दिया गया!

इस तरह उस वर्ष महाअष्टमी की महारात्रि में जमनिया वालों ने अपनी जिन्दगी में पहली बार नरबलि का नजारा देखा !

बाबा की सिद्धई इस तरह सारे संसार में मशहूर हो गई। लाखों दिलों पर उनका चमत्कार असर डाल गया। लेकिन अभागी लक्ष्मी के कलेजे का टुकड़ा कहाँ गया ? वह खुद क्या हुई ?

यह बाबा भारी राक्षस है !

इसी की देख-रेख में, इसी की सलाह से लक्ष्मी के शिशु का वध हुआ···चण्डी माता क्या सचमुच एक बच्चे के रक्त की प्यासी थी ?

नहीं, चण्डी माता भला क्यों प्यासी रहेगी ? यह सब इस बाबा के दिमाग की खामखयाली थी। भोले-भोले लोगों पर अपना आतंक जमाने के लिए एक आदमी क्या इतना घिनौना काम करेगा ?

थू: !

"माई जी, अभी आप कमजोर हैं। इसी से इतनी अधिक नींद आती है··· मैं दो बार आवाज दे चुका और अब देखने आया हूँ।

"पानी एक बार गर्म किया। अब दूसरी बार गर्म कर दूँ ? चढ़ा दूँ फिर से ?

"सबेरे-सबेरे क्यों नहाइएगा माईजी ? सर्दी लग जाएगी। मालिक आएँगे, आपको खाँसते देखेंगे तो बिगड़ेंगे मुझ पर। नहीं बिगड़ेंगे ?

"माईजी, चाय ले आऊँ ?

"मुँह धोने के लिए गरम पानी चाहिए ?

"पहले यहाँ एक बर्तन तो डाल दूँ ! कुल्ला-आचमन के लायक बर्तन नहीं है यहाँ···मालिक आते हैं, बाजार से ले आऊँगा···उगालदान नहीं, अच्छी-सी चिलमची। अलमुनियम की। पीतल की भी आ सकती है।

"माईजी, कुछ कसूर हुआ है हमसे ?

"माईजी···"

"देखो, महाराज !···"

"जी माईजी !"

"मेरी तबियत ठीक नहीं है। तुम जाओ चाय पी लो ! मेरा इन्त-जार मत करो…"

रसोइया अपराधी की तरह खड़ा है। उसे विश्वास नहीं हो रहा है कि सचमुच मेरी तबियत खराब है।

जी करता है, सारा दिन आज बस इसी तरह पड़ी रहूँ। रात में नींद नहीं आई। आई, अच्छी तरह नहीं आई।

अच्छी तरह नींद मुझे क्यों आएगी ?

"आओ महराज, चाय पी लो !"

"आप नहीं लेंगी तो हम कैसे लेंगे ?"

भारी बुद्धू है !

चाय नहीं लेती हूँ तो गधा अड़ा ही रहेगा ! किस मूर्ख से पाला पड़ा है…शंकर ! बंभोलेनाथ…अच्छा, उठती हूँ…

बाथरूम हो आती हूँ।

दाँत-मुँह धो लिये हैं।

अब चाय पी रही हूँ।

"महराज, अभी चीनी ठीक है।"

"सच माईजी !"

"बिलकुल !"

उधर वह भी चाय सुड़क रहा है।

"महरी नहीं आई ?"

"आ के चली गई !"

"दुपहर के बाद आएगी ?"

"बोल के तो गई है। अब चढ़ा दूँ पानी माईजी ?"

"अभी ठहर जाओ।"

आज कई रोज बाद मुझे लक्ष्मी की याद आई है। उसका छमाही बच्चा कैसा रहा होगा ! खूबसूरत ही रहा होगा। बच्चे आमतौर पर खूबसूरत ही होते हैं।

मगर लक्ष्मी को तो देखा भी नहीं मैंने। सुना-भर है उसके बारे में। शिवकलिया बड़ी तारीफ करती है लक्ष्मी की। उसी ने मुझसे यह

सब बतलाया था। नरबलि का नजारा शिवकली के बड़े भाई ने अपनी आँखों से देखा था।

बाद को गौरी ने भी बतलाया। गौरी···

छिनाल अपने को नवाब की नातिन समझती थी।

तभी तो बाबा राँड को कुम्भ में छोड़ आए···

प्रयाग से वह कहाँ गई ?

ऋषिकेश रहती है, एकनाथजी के साथ। कहते हैं, कनफटा बाबा काफी मालदार है। जड़ी-बूटियाँ कूट-छानकर दवाइयाँ तैयार करता था। हिकमत थी ही, धन्धा चल निकला। कहते हैं, देहरादून और हरद्वार में नाथजी की दो दूकानें हैं···

जड़ी-बूटियों की तरह कनफटा बाबा औरतों को भी कूटता-छानता होगा। उन्हें भी गलाता-सिझाता होगा, उनका अर्क निकालता होगा।

गौरी तो थी ही छिनाल। वह साल-साल में दो-तीन मर्द बदलती थी। वह उन मर्दों का बुरी तरह पीछा करती थी जो डील-डौल के तगड़े होते थे···

एक बार मठ का बड़ा घोड़ा गर्माया। वह बेचैनी से हिनहिना रहा था। नथुने फैला-फैलाकर हवा में से जाने कौन-सी गन्ध खींचता था बार-बार ! घोड़े को उस बेताबी में देखा तो गौरी मुझसे बोली—"मैं इसको ठंडा कर सकती हूँ···"

मैंने आँखें तरेरकर गौरी को घूरा था।

इस पर उसने मुझे भद्दी गाली दी थी और हँसकर कहा था—"बचपन में बाप के साथ तू कभी न सोई ? खा तो मेरी कसम !"

"कुतिया कहीं की," ऐसे मौकों पर मैं उसे डाँट देती थी, "अपने तजुर्बे औरों पर ठोंकती है नानी !"

एक रात वह मस्तराम से सटने गई···

मस्तराम ने उसे दो तमाचे लगाए थे !

हमसे गौरी खुलेआम कहा करती—"मैं डायन हूँ, कच्चा चबाने के लिए मुझे आदमी ही चाहिए और हमेशा चाहिए···दस वर्ष का लड़का हो तो भी चलेगा, सत्तर साल का बुड्ढा हो तो भी चलेगा···"

बाबा गौरी को बहुत चाहते थे।

बाबा ने उसे पूरी छूट दे रखी थी। काशी, प्रयाग, मथुरा, वृन्दावन, हरद्वार, घूमती रहती थी। बाबा के साथ तराई के इलाकों में भी वही जाती थी।

लौटने पर अक्सर गौरी अपने साथ किसी-न-किसी मालदार असामी को बाबा तक ले आती।

शिवनगर इस्टेट के मैनेजर के दामाद को इसी तरह वह एक बार उड़ा लाई। भगौती ने लखनौली के दारोगा की तरफ से भेजा हुआ बतलाकर नकली खत मैनेजर के दामाद को दिखलाया। खत के अनुसार यह नौजवान भले खानदान की एक लड़की को भगा ले गया था और नदी के पार उत्तरप्रदेश के सीमान्तवर्ती किसी गाँव में छिपकर रह रहा था; भगौती ने बतलाया कि अब उसके लिए वारण्ट निकलेगा और उसके साथ गौरी भी गिरफ्तार होगी। बयान में गौरी कुछ भी कह सकती है, क्योंकि छोकरी का माथा क्रैक है···शिवनगर इस्टेट की भारी बदनामी होगी; लड़के को साल-छः महीने जेल के अन्दर भी रहना पड़ सकता है।"

मैनेजर का दामाद ढाई-तीन हजार रुपये साथ लाया था। भगौती और लालता ने उसकी गिरफ्तारी की गर्म अफवाहों के बारे में नमक-मिर्च मिलाकर मठ के अन्दर ऐसी कानाफूसी फैलाई कि बेचारा 5-7 रोज बाद ही भाग गया। सारी रकम भगौती ने रख ली कि इससे कम पर मामला रफा-दफा नहीं होगा !

लक्ष्मी के बच्चे की बलि पड़ी तो बाद में लोग डर गए। अफवाह उड़ी कि भरतपुरा का थानेदार तहकीकात के लिए जमनिया पहुँचने वाला है···

अन्त में हुआ यह कि भगौती खुद ही गौरी को साथ लेकर थानेदार की सेवा में पहुँच गए। दोनों चार दिन भरतपुरा रहे। पाँचवें दिन खुशी-खुशी लौट आए।

बड़ी-बड़ी खिजाबी मूँछों वाला थानेदार सादुल्ला खाँ गौरी को खूब पसन्द आया होगा···

गौरी भी मुसल्ले को जमी होगी ! चेहरा तो गौरी का मरते दम

तक छोकरी का ही रहेगा। बूढ़ी भी होगी तो चौदह-पन्द्रह की दिखेगी…

भरतपुरा की पुलिस के रेकार्ड में दर्ज हुआ होगा—'पूजा की आठवीं रात में जाने किधर से एक पगली आई। उसकी गोद में छै महीने का बच्चा था। पुजारी की नजर बचाकर उसने बच्चे को हवन-कुण्ड में डाल दिया। कोशिशें तो काफी की गईं, लेकिन बच्चे को बचाया नहीं जा सका। बाबा की बड़ी ख्वाहिश थी कि पगली को थाने तक पहुँचा दिया जाय, लेकिन अगले दिन ही वह गायब हो गई। अब कुछ गुण्डों ने उल्टी बातें फैला दी हैं। सरकार बहादुर से अर्ज है कि वह जमनिया मठ के सन्त-शिरोमणि बाबाजी महाराज की प्रतिष्ठा और इज्जत को ध्यान में रखे, साथ ही थानेदार साहब उन गुण्डों पर कड़ी निगरानी रखें, जिनकी नीयत साफ नहीं और जमनिया मठ की जायदाद को नुकसान पहुँचाना चाहते हैं…"

तीन वर्ष गुजर गए हैं…तो क्या हुआ! गौरी आज भी ऋषिकेश से वापस आ सकती है…नहीं आ सकती है? कनपटे बाबा को दस-बीस हजार की चपत लगाकर निकल आए तो?

लगता है, बाबा को आज भी गौरी से कुछ उम्मीदें हैं…

तू गधी न होती तो तुझसे भी बाबा की उम्मीदें रहतीं।

बाबा तुझे कितना चाहते थे।

उस बार लगातार एक महीने तक तू बेचैन रही…अंग-अंग में फोड़े निकल आए थे न?

हाँ! मेरे जिस्म का हिस्सा-हिस्सा बाबा खुद अपने हाथों से छूने-सहलाने-टटोलने का अच्छा बहाना पा गए थे उस बार!

मैं सिहर-सिहर उठती थी…बसमतिया और शिवकली को भी अखरता था… वे अन्दर-अन्दर कुढ़ती थीं!

लालता की बहन ने फुसफुसाकर बतलाया था—"बाबा नर्स की तरह हर बीमारी में रोगी की सेवा कर सकते हैं।" फिर इधर-उधर देखकर उसने आँखें नचाईं और कहा—"तुम तो औरत ठहरीं, तुम्हारी तीमारदारी तो बाबा खुद ही करेंगे!"

लम्बी जटाओं वाले अपने इस बाबा की सेवा-सुश्रूषा से मैं ऊब गई।

मस्तराम की सलाह से मिल वाला डाक्टर मुझे देखने आया। उसने कहा—"एक सप्ताह आप हमारे अस्पताल में चलकर रहिए। वहाँ की दोनों नर्सें आपको कुछ ही दिनों में ठीक कर देंगी···"

बाबा को यह सब अच्छा नहीं लगा···लेकिन अस्पताल से ही मेरे घाव अच्छे हुए थे।

क्या यह जरूरी है कि बाबा को सब कुछ अच्छा लगे ?

मेरी जगह गौरी होती, तो ?

बाबा की जगह मस्तराम होता, तो ?

मस्तराम बदतमीज नहीं है···

मस्तराम की नीयत गन्दी नहीं है···

माईजी, दस बज गए !

"माईजी, आपकी तबियत ठीक नहीं है, आज रहने दीजिए ! कपड़े बदलकर वहीं स्नान-ध्यान कर लीजिए !"

"माईजी, बादल भी आ गए हैं !"

"हवा भी चल रही है माईजी !"

"आलू-गोभी की सब्जी बनाऊँ माईजी ?"

"माईजी···"

"सो गई हैं माईजी ?"

"अच्छा, माईजी ! आराम ही कीजिए !"

"शाम तक मालिक भी आ जाएँगे···"

"अरे, हाँ ! सचमुच !"

"हाँ, माईजी सोई हुई हैं···"

"खाना नहीं बनाऊँ अभी ?"

"चलो, फुल्के बाद में सेंक लूँगा।"

"तब तक नहा-धो लूँ न !"

"एक-आधे कपड़े भी साफ कर लूँ !"

"माईजी मेरे बदन पर गन्दे कपड़े देखना पसन्द नहीं करेंगी···"

"बंगाली घरों में तो बाबाजी को और भी फिट-फाट रहना पड़ता है।"

"बंगाली घरों में दीदी मणि लोग महाराज को भी फैशन में देखना चाहती हैं..."

"बंगाली घरों में माईजी-मासीजी हमारे जैसे जवान बाभन-रसोइया को खूब भालो-वासा करती हैं, खूब खिलाती-पिलाती हैं !"

"माईजी, आप भी मेरा बहुत ख्याल रखती हैं...कल शाम महरी नहीं आई तो आपने खुद ही बर्तन साफ कर लिये !"

"ऐसा न कीजिए माईजी ! इस गरीब ब्राह्मण के माथे पर पाप का बोझा चढ़ेगा माईजी !"

"अच्छा माईजी, अभी आप सोइए !"

भगौती

सारा मुहल्ला सो गया था।

गलियारों में जहाँ-तहाँ बिजली के खम्भे जाग रहे थे।

दिन में हल्की बारिस हुई थी। अभी भी आसमान भारी था। बादल लदे थे। तारों का कहीं पता नहीं था।

सर्दी बढ़ गई थी। हवा में ठण्डक महसूस हो रही थी। लगता था, शीत-लहरी का प्रकोप बस आ ही चला। कुत्ते तक जाने कहाँ दुबके पड़े थे।

भीगी सड़कें निर्जनता में ऊँघ रही थीं। इक्के-दुक्के रिक्शे भी नजर नहीं आ रहे थे।

बिजली के बल्बों के इर्द-गिर्द परवानों का काफला नहीं था। दस-पाँच कीड़े चक्कर लगा रहे थे।

धरती का सूनापन और भी अखर रहा था, क्योंकि बरसाती बादलों के सहज साथी मेंढक गायब थे। बूँदाबाँदी का माहौल हो और टर्र-टर्र न सुनाई दे, तो कैसा फीका-फीका लगेगा मौसम ?

झींगुर तक चुप्पी साधे हुए थे !

ऐसे में दो ताँगे आ पहुँचे···

चमड़े के चार भारी-भारी सूटकेस। तीन वजनी होल्ड-आल, तीन हैण्ड बैग। प्लास्टिक की दो खुली डोलचियाँ···

नेपाली टोपी वाले दो युवक।

एक नौजवान, हॉफ पैण्ट और बुशर्ट में।

और एक बाबू-टाइप चेहरा यानी बाबू भगौती प्रसाद।

साँकल की खनखनाहट सुनकर महाराज दरवाजा खोलकर बाहर

निकला।

ताँगे वालों की मदद से सामान अन्दर रखा गया। आगन्तुक भीतर आए। ताँगे वाले अपनी मजदूरी लेकर वापस लौटे।

ऊपर दो कमरे नये आगन्तुकों के लिए खुल गए। भगौती ने खुद ही अपना रूम खोला।

सामान एक-एक करके महाराज ऊपर पहुँचा आया।

"बाथरूम में दो बाल्टी पानी रख देना।"—भगौती ने कहा—"अभी और कुछ नहीं करना है बाबा जी! कल मेहमानों वाली कोठरियों में बल्ब बदल देना। मेरी आलमारी के अन्दर साठ-साठ यूनिट वाले बल्ब रखे हैं।"

फिर पूछ लिया—"और तो सब ठीक-ठाक है न ?"

"जी मालिक ! सब ठीक है। बस, माईजी की तबीयत सुस्त रहती है।"

दाहिने हाथ की अँगूठियों पर नजर टिकाकर भगौती बोला—"ठीक हो जाएगी। खूब खिलाओ-पिलाओ !"

"जी मालिक !"

थोड़ा रुककर महाराज अपनी कनपटी खुजलाते-खुजलाते बोला, "आपके लिए शाम को खाना बनाकर रखा था। थोड़ा दूध नहीं पीजिएगा ?"

"नहीं, अभी कुछ नहीं। हाँ, सबेरे-सबेरे चाय तैयार करना। मीठा कम डालना···"

"जी !"

"और देखो, नहाने के लिए पानी गर्म चाहिए सबेरे। सर्दी बढ़ गई है न ?"

"जी !"

"जाओ, आराम करो !"

"जी !"

रसोइया नीचे चला गया।

भगौती ने अपना हैण्ड बैग खोला। उसमें तह करके शाल रखी थी,

निकाल ली। असमिया अंडी चादर दुहरी बदन पर ही थी। सर्दी से बचाव के लिए यही काफी होती है। शाल से तो यों ही कभी-कभार काम लेते हैं।

शेविंग-सेट बाहर निकालेंगे।

मुकदमे के जरूरी कागजात, नोटबुक, डायरी और दो-एक मामूली किताबें···

जासूसी उपन्यास चाटने का चस्का है।

हत्या, बलात्कार, लूटपाट, गबन, अपहरण आदि की षड्यन्त्रों वाली कहानियाँ स्कूली जीवन से पढ़ते आए हैं।

15-16 की उम्र में ही भूतनाथ और चन्द्रकान्ता संतति का पारायण कर लिया था।

इस तरह की बाहरी किताबों के अनुवाद खोज-खोजकर देखते हैं। मूल अंग्रेजी में आनन्द नहीं आता है।

हाँ, क्राइम-फिल्म मूल रूप में ही देखना पसन्द करते हैं···

नोटबुक की जिल्द में कुछ और भी तो रखा है। क्या है?

हिन्दी अखबारों की कतरनें···

हाँ, कटिंग्स ही हैं।

भगौती उस नोटबुक को सिरहाने रख लेते हैं, तकिये के नीचे।

चारपाई पर गद्दा पहले से था। डबल चाबी रहने से रसोइया हर रोज कमरा साफ करवा लेता है। दोनों आलमामियाँ हमेशा बन्द रहती हैं। भगौती आते हैं, आप ही खोलते हैं और आप ही बन्द करते हैं। सामने दीवार पर एक तरफ शंकर-पार्वती वाला कैलेन्डर अगले वर्ष का है, लेकिन पहले से ही टँग गया है। दूसरा कैलेन्डर चालू महीने का होगा, दिसम्बर के आरम्भ का। उसमें किसी छोकरी का रंगीन चित्र है। सायरा बानो, साधना, शर्मिला टैगोर या फिर आशा पारीख, बैयजन्ती-माला, वहीदा रहमान?

महाराज झाड़-झूड़कर चादर बिछा गया है। हवा फूंककर रबड़-वाली तकिया ठीक कर गया है।

तिपाई पर स्टेनलेस वाला लोटा है। गिलास है। भगौती को अक्सर

प्यास लगती है, ठीक दुपहर रात में। एक बजे, दो बजे। सोते वक्त, नजदीक में पीने का पानी जरूर रखबा लेंगे। कहीं भी हों।

अभी वह दूध ले सकते थे ?

हाँ, ले सकते थे।

ले लेते मगर यों ही नहीं लिया। आगन्तुकों से भगौती ने चाय और दूध के लिए कहा था, उन्होंने अनिच्छा जाहिर की थी। अब अकेले भगौती दूध कैसे लेते ?

कितना भी फर्राट आदमी हो, सहज संकोच उसके अन्दर शेष रह ही जाता है। तकल्लुफ आसानी से कहाँ जाती है !

बस; अब अन्दर से अपना कमरा बन्द करेंगे···

एक सिगरेट जलाएँगे···

आधा लेटने की मुद्रा में होंठों से धुमछल्ला छोड़ते रहेंगे···

सोचते रहेंगे, सोचते रहेंगे, सोचते रहेंगे···

दूसरी सिगरेट राख हो सकती है···

लाइट आफ कर देंगे, लेकिन सिगरेट का सिरा सुलगता रहेगा···

पहली सिगरेट खत्म करके भगौती ने स्विच ऑफ कर दिया।

बारह बज चुके हैं।

लेटने पर आधे घंटे में नींद आ ही जाएगी ?

कुछ सोचने लगे थे।

लेकिन थकान पलकों पर हावी हो गई !

अंडी-चादर का जोड़ा पैरों से लेकर कमर तक थी, उसे कन्धों तक खींचकर दाहिनी करवट हो गए। बदन को सीधा तान लिया।

बहुत-सारी चिन्ताएँ गड्मड्ड होकर दिमाग को हल्के-हल्के खरोंच रही थीं, लेकिन मन को समझा-बुझाकर सो जाने की कोशिश करने लगे।

और, निद्रा देवी ने सचमुच कृपा की।

जंक्शन के 'सामिष उपाहार-गृह' में डटकर खाया था। पेट के अन्दर हाजमा की मशीनरी बार-बार गर्म हो उठती थी।

दो दफे पानी के लिए उठना पड़ा है।

पहली बार डेढ़ गिलास।

दूसरी बार पौन गिलास।

अब क्या तीसरी बार भी उठना पड़ेगा ?

क्या करेंगे ? उठेंगे !

पहली नींद दो घण्टे की, दूसरी नींद चालीस मिनट की।

अब उठकर घड़ी देखेंगे तो लगभग साढ़े तीन का वक्त होगा···

इसके बाद भगौती को नींद कहाँ आएगी !

नहीं आएगी नींद ?

अँधेरे में पड़े रहेंगे, खयालों का हमला होता रहेगा। आपबीतियों की पर्त-दर-पर्त खुलती-सिमटती चली जाएगी। दुनियादारी के चक्कर स्मृति के पर्दे पर छाया के तौर पर गुजरेंगे, कई रंगों में और कई पहलुओं में !

इस तरह खयालों के हमले हर रात होते रहें तो इंसान नहीं रह जायगा, पागल हो जाएगा !

जी हाँ, जरूर पागल हो जाएगा।

लेकिन, मैं पागल नहीं हुआ !

मैं पागल नहीं होऊँगा !

मैं अदना आदमी नहीं हूँ···

मैं भगौती प्रसाद हूँ। बाबू भगौती प्रसाद। लाला सूरज नन्दनप्रसाद का सुपुत्र जमनिया का जमींदार।

कलकत्ते से अफीम की गोलियाँ मँगवाता हूँ। सिंगापुर के चीनी सौदागर इन गोलियों का तस्कर-व्यापार करते हैं। हांगकांग के तजर्बेकार रसायनाचार्यों की खास हिदायतों के मुताबिक ही यह माल तैयार होता है। रूस को छोड़कर बाकी सारी दुनिया में इन गोलियों की खपत है।

पिताजी इन गोलियों के नियमित ग्राहक थे। चाचा को भी शौक था इनका।

मैं तो बस, महीने में एक-आध बार ही लेता हूँ। आधी गोली ले ली और आठ-दस घण्टे पीनक में डूब गए !

अभी तो खैर आधी खुराक भी नहीं है। डिब्बी खाली पड़ी है··· चाँदी की डिब्बी सूँघ-भर सकता हूँ फिलहाल !

माजूम भी अच्छा मजा देता है···

मगर नींद के लिए बेकार है माजूम !

हाँ, सब ठीक है। सवाल है कि इस समय बाबू भगौती प्रसाद अब क्या करेंगे ?

करेंगे क्या ! झख मारेंगे···

वाह साहब, झख क्यों मारेंगे ? काम करेंगे। अपने कागजात देखेंगे। अखबारों की कतरनें काफी इकट्ठी हो गई हैं···

बहुत सारी हैं ! इतना कौन पढ़ेगा ?

खामखाह इतनी कतरनें भेजीं उसने !

भेजेगा नहीं ? तुमने बार-बार क्यों कहलवा भेजा ?

आजाद वाचनालय, सिसवा बाजार ! अवैतनिक लाइब्रेरियन ? बातों का कितना ध्यान रहा उसे ! कई अखबारों से तराश-तराशकर तुम्हारे लिए कतरनें जुटाई होंगी। अब इन्हें देखते क्यों नहीं ?

डर लगता है भगौती !

अपने कारनामों का भण्डाफोड़ अपनी नजरों से कौन देखना चाहेगा ?

लेकिन यह तो महज कतरनें हैं !

तुम्हारे दुश्मनों ने अखबारों में जाने कैसी-कैसी बातें छपवा दी हैं !

अच्छा लो, पहले एक सिगरेट धरा लो !

लाइटर ? तकियों के नीचे होगी···मिली ?

हाँ ! मिल गई ! जलाओ···मैं जला दूँ ?

सुलग तो गई···

तो, लो ! अब कटिंग देखो !

पहली कतरन—

"जमनिया। 25 नवम्बर (बुधवार)" संयुक्त समाजवादी पार्टी की सिसवा बाजार अंचल शाखा की तरफ से स्थानीय चीनी मिल के हड़ताली मजदूरों की माँगों के समर्थन में विशाल जनसभा का आयोजन सफल रहा।"

"कल का दिन (मंगलवार) हाट-बाजार का दिन होने से आस-पास की ग्रामीण जनता के लिए बड़ा ही अनुकूल था। अन्त तक पाँच हजार

की उपस्थिति बनी रही।"

"जिला-जेल के अन्दर, हवालात में मजदूर कैदियों पर अधिकारियों की तरफ से अन्धाधुन्ध लाठी चार्ज करवाया गया और जेलवालों की इस बर्बरता को जमनिया मठ के इस बदनाम बाबा का भी समर्थन हासिल था। एक वक्ता ने जब यह बतलाया तो लोगों ने नारे लगाए: "जमनिया का बाबा—मुर्दाबाद : जमनिया का बाबा—कातिल है : हत्यारे को—फाँसी दो : मठ की जमीन—दखल करो। जमनिया का मठ क्या है ?—बदमाशों का अड्डा है···"

"पाठको याद होगा कि मठ के अन्दर एक आगंतुक साधू पर हाल ही इतनी अधिक पिटाई पड़ी कि वह बेहोश हो गया।"

इस पिछड़े हुए अंचल की पिछड़ी हुई जनता को गुमराह करने में जमनिया के बाबा को पर्याप्त ख्याति मिली है। यहाँ के ज़मींदारों, सेठों, पुलिस वालों, डाकुओं, बदमाशों ने बाबा को छुटकारा दिलाने के लिए बड़ी दौड़धूप मचा रखी है। वे लखनऊ-दिल्ली तक भागते फिर रहे हैं !

"चीनी के कारखानेदार दिन-प्रति-दिन सरकार से अधिकाधिक सुविधाएँ हासिल करते जा रहे हैं और गन्ना उपजाने वाले किसानों की परेशानियाँ बढ़ती जाएँगी, इस पर अधिकांश वक्ताओं ने केन्द्र और राज्य सरकार की जन-विरोधी नीतियों पर आक्रोश जाहिर किया। चीनी-मिल-मजदूर-संघ के मन्त्री श्री नवीन चन्द्र 'तूफान' ने मिल-मालिकों की तरफदारी के लिए लेबर कमिश्नर के खिलाफ एक प्रस्ताव पेश किया, वह सर्वसम्मति से पास हुआ।"

"इष्टकवालों ने बीच में टाँग न अड़ाई होती तो अब तक मजदूरों का संघर्ष कामयाब हो चुका होता।"

"मजदूर-नेताओं की आपसी बातचीत सुनने पर ऐसा लगा कि हड़तालियों की 50 प्रतिशत माँगें मिल वालों को माननी ही पड़ेंगी···राज्य के श्रममन्त्री का इतना दबाव तो इन पर डलवाया ही जाएगा।"

"सभा के अन्त में नारे लगे। इनकिलाब-जिन्दाबाद : किसान मजदूर एकता : जिन्दाबाद : संयुक्त सोशलिस पार्टी : जिन्दाबाद : डॉ० लोहिया : जिन्दाबाद : महात्मा गांधी की : जय ! भारत माता की : जय !"

इसमें उन पंक्तियों को पेन्सिल के सुर्ख निशान से दुहरे-तिहरे रेखांकित कर दिया गया है, जिनका सम्बन्ध जमनिया के बाबा से है।

भगौती के माथे पर बल पड़ गए हैं।

सिगरेट बिना फूंके ही लगभग राख हो चुकी है, आग उँगलियों के कोर को झुलसा देगी क्या ?

भगौती जल्दी-जल्दी दो कश खींचकर आधी इंच का सुलगता टुकड़ा झटके में दूर फेंकता है, उस तरफ जिधर फिल्मी छोकरी वाला कैलेण्डर टँगा है।

उँगलियों में उँगलियाँ उलझाकर वह बदन को सीधा करता है, हथेलियों को चेहरे पर घुमाता-फिराता है।

कलाई पर निगाह अटकती है···4—15···

सवा चार बज गए !

अभी बहुत-सारी कतरनें देखनी हैं।

इन्हें देख तो लेना ही चाहिए···

लेकिन तबीयत बिदकती है···

ऐसी भी क्या बात है भाई ?

बात क्या होगी ? कुछ नहीं !

हाँ, अनाप-शनाप छापते हैं साले···

अखबार वालों का तो धन्धा ही यही है···

भगौती, इनके पीछे अपना दिमाग क्यों खराब करते हो ?

क्या होगा यह सब देखकर भगौती ?

प्यास नहीं लगी है भगौती ?

लगी है कि···

'हाँ, हाँ ! आधा गिलास पानी जरूरी पी लो !"

पेट तना हुआ है ?

अच्छा, सबेरे का नाश्ता न करना ! चाय-भर ले लेना···नीबू-पानी ? हाँ, हाँ, नीबू-पानी ठीक रहेगा !

सिगरेट सुलगाओगे ?

नहीं ! गला जल रहा है ?

नहीं, नहीं, तबीयत डूब रही है !

तबीयत क्या डूबेगी साली, शनीचर जोर मार रहा है···

पन्ना खो गया है जब से वह अँगूठी गायब हुई, तभी से संकट उमड़ पड़े हैं !

रानी साहब का बनारस वाला जौहरी ऐन मौके पर चुप लगा गया। तीन बार खत डाल चुका हूँ !

ठीक है, पन्ना मिले या न मिले ! परिस्थितियों का सामना तो करना ही है···

उतना कमजोर दिल कहाँ है भगौती का !

भगौती एक-एक करके इन कतरनों को देख जाएगा।

क्या कर लेंगे अखबार वाले ?

एक-आध बार इन संवाददाताओं में से किसी एक की मरम्मत करवा दूं ? कुटम्मस !

सारी बदमासी घुसड़ जाएगी···

इन्हें पढ़ तो जाओ मियाँ !

हाँ, देख जाओ सरसरी तौर पर···"!

दूसरी कतरन—

"सिसवा बाजार। 27 नवम्बर (शुक्रवार) जर्मनिया का बाबा दो सप्ताह से जिला-जेल की हवालात में बन्द है। उसके साथ मुस्तंडा-किस्म का एक साधु और एक सुन्दरी अवधूतिन भी है। तीनों की गिरफ्तारी से इलाके-भर में सनसनी फैल गई है। बाबा पर आधे दर्जन अभियोग लगाए गए हैं।"

"स्वामी अभयानन्द जैसे सुशिक्षित और लोक-सेवक साधु पर जमनिया मठ के अन्दर न इस प्रकार के अमानुषिक प्रहार होते, न बाबा की गिरफ्तारी होती।"

"जमनिया का मठ कोई परम्परागत प्रामाणिक मठ नहीं है। आज से दस-बारह वर्ष पहले वहाँ कुछ नहीं था, वीरान था। जमींदारी-ताल्लुकदारी प्रथा के उन्मूलन का कानून पास हुआ तो जमनिया और लखनौली के दो-तीन भू-स्वामियों ने ज्यादा-से-ज्यादा जमीन हड़पने के

लिए रातोंरात 'जमनिया मठ' की स्थापना कर डाली। नारायणी नदी जहाँ नेपाल की तराई से नीचे उतरती है, वहीं उत्तर प्रदेश और बिहार प्रांत भी आपस में मिलते हैं, उस कछार-भूमि से वे एक जटाधारी औघड़ बाबा को लिवा ले आए। जमींदारों ने उसी विचित्र व्यक्ति को अपने मठ का महंत घोषित किया।"

"हम बाबा की गिरफ्तारी के बाद एक डेढ़ सप्ताह जमनिया के अंचल में घूमे हैं। विशिष्ट और साधारण व्यक्तियों से मिले हैं। ढेर सारी परस्पर-विरोधी सूचनाएँ हासिल हुई हैं। इन सूचनाओ की छान-बीन करने से कई प्रश्न उभरते हैं।"

"क—जमनिया का बाबा अपने पूर्व-जीवन में (गृह-त्याग से पहले) मुसलमान था। इसका असल नाम करीमबक्श था। बाप का नाम खुदा-बक्श। पेशा जुलाहे का। जवानी के दिनों में कई प्रकार के गम्भीर अपराध करने के बाद, पुलिस की निगाहों से बचने के लिए यह नेपाल भाग गया। तहसील पडरौना के अन्दर, मौजा डिग्घी एक छोटी-सी बस्ती है। वहाँ आज भी इसकी बुढ़िया माँ जिन्दा है। नेपाल में यह लगभग बीस वर्ष रहा। अपने दुष्कर्मों के चलते बार-बार इस पर वहाँ पिटाई पड़ी है। जमनिया मठ का प्रबन्ध जिनके हाथों में है, स्वार्थ-साधन की अपनी सनक में भोली-भाली हिन्दू जनता को वे आखिर कब तक धोखा देते रहेंगे?"

"ख—जमनिया का मठ तस्कर-व्यापार का छोटा-मोटा अड्डा नहीं है क्या? घड़ियाँ, फाउण्टेनपेन, ट्रांजिस्टर, टेपरिकार्डर, रेशमा-ऊनी माल, शुद्ध सोने की अँगूठियाँ, टार्च, लाइटर, कैमरे, और जाने क्या-क्या वस्तुएँ मठ की भगत-मंडली के लिए सुलभ नहीं हैं क्या?"

"ग—असम्भव चमत्कारों का जाल बिछाकर दूर-दूर तक के लोगों को फाँसा जाता है—पिछड़ी जातियों की बहुएँ और बेटियाँ गुंडों की वासना का शिकार बनाकर छोड दी जाती हैं···जमनिया का मठ भ्रष्टा-चार की अंधी गढ़ी नहीं है तो क्या है?"

"घ—चार-पाँच वर्ष पहले मठ के अन्दर, दुर्गा की प्रतिमा के समक्ष एक अबोध शिशु की बलि नहीं चढ़ा दी गई?"

"च—जमनिया का मठ भारतमाता की पीठ पर पक्षाघात का

जहरीला फोड़ा है। इसे हम कब तक बर्दाश्त करेंगे?"

भगौती का माथा फट जाएगा अब तो !

आगे और कतरनें उससे नहीं पढ़ी जाएँगी।

होश जवाब दे रहा है···

वह फिर बिस्तरे पर ढेर हो जाएगा !

उसने आँखें मूँद ली हैं···

मैं पहले से जानता था !

मुझे पता था, एक-न-एक दिन इस गुब्बारे में पिन चुभो दी जाएगी··· लो रंगीन गुब्बारा पिचक गया ! रबड़ का भद्दा छिछड़ा गुब्बारा धूल में पड़ा है···अब इसमें कौन हवा भरेगा ?

मुझे मालूम था, यही होना है !

साला मस्तराम !

तुझसे किसने कहा था कि उस साधू को धुनक के रख दे !

देखना है कहाँ मिलता है अब तुझे ठौर !

साले दिन-रात मालपुए चबाते थे···जब देखो खीर सुड़क रहे हैं··· बादाम की ठंडाई छन रही है, केवड़ा और गुलाबजल छिड़का जा रहा है, पिस्ते छीले जा रहे हैं ! जाने कहाँ-कहाँ के मँगते जुते थे ! शऊर और सलीके से इनका क्या वास्ता ?

हम सौ दफे बनारस में भैरों जी के दरबार में गए होंगे···वहाँ का पंडा आहिस्ते-से डंडा उठाएगा और धीमे से तुम्हारी पीठ छू देगा उस डंडे से ! वह अपना जोर नहीं आजमाएगा, भगत की पीठ को धुनक कर नहीं रख देगा ?

तू ससुर किसी की पीठ पर बेंत फटकारने वाला होता कौन है ? मस्तराम साला···

और, तेरी अक्ल क्या घास चरने गई थी बाबा ? तुझसे तो इस बेवकूफी की उम्मीद नहीं थी हमें !

तुझे तो निहायत समझदार इन्सान समझता था बाबा !

ले, अब, भुगत अपनी करनी का फल ! काट, कितनी सजा काटेगा !

औघड़ नहीं औघड़ की गाँड़ ! साले ! हरामी ! उल्लू के पट्ठे !···

सूअर···

बेचारे बाबा को तो नाहक गालियाँ देता है तू !

भगौती, क्या हो गया है तुझे ? तेरे लिए बाबा अपनी जान भी दे सकता है।

जी, दे ली जान बाबा ने !

सभी अपने-अपने मतलब के बन्दे होते हैं···कोई किसी की खातिर जान नहीं देता है यहाँ !

तू अब किसी के लिए अपनी जान नहीं देगा ?

इमरितिया अगर तेरी तरफ अपना हाथ बढ़ाए ? उस पर तू अपनी जान निवछावर नहीं करेगा ?

क्या कहा ! इमरितिया ?

मेरी ओर हाथ बढ़ाएगी ? इमरितिया ?

मस्तराम हरामजादी को फाड़कर खा नहीं जाएगा ? खा जाएगा ? फाड़ कर ! सच ?

सच ! इमरितिया तेरी तरफ खिंचेगी तो पहले मस्तराम तुझे ही फाड़ डालेगा, हाँ !

मस्तराम, तू मुझे फाड़ डालेगा ?

मैं इमरितिया का गला घोंट दूँगा···

तू मेरा क्या करेगा ?

बाल भी बाँका नहीं कर सकेगा ! लेकिन मैं तेरी मिट्टी पलीद कर दूँ···मुझे समझ क्या रक्खा है तूने ? कमीना···

इमरितिया इस वक्त मेरी हिरासत में है···फिलहाल इस औरत पर मेरा काबू है !

इमरितिया ! तेरी जान !···

मैं इमरितिया की बोटी-बोटी नोंच लूँगा, तू क्या कर लेगा मेरा ?

तू हवालात के अन्दर बन्द है !

तू अभी अर्से तक जेल की ऊँची मोटी चहारदीवारियों के अन्दर घुटता रहेगा···

मैं चाहूँ तो तू वहीं का वहीं ठंडा हो जाए ! और पता तक न चले

किसी को···

भगौती को फँसाना चाहता था तू ? तू जान-बूझकर उस साधू की पीठ पर बेंत नहीं बरसा रहा था ?

देख लिया किस्मत का खेल ! बाबू भगौती प्रसाद बेदाग निकल आए और तू साला हवालात के अन्दर बन्द है···खाँचे का मुर्गा !···

"मालिक, नाश्ता क्या बनेगा ?"

"जग गए महाराज ? हो गया सबेरा ?"

"जी, मालिक ! सुरुज नहीं उगे हैं अभी !"

"अच्छा ! ठहरो, खोलता हूँ किवाड़···"

"नहीं मालिक, अभी बहुत सबेरा है। आप आराम कीजिए अभी !··· मैं सिरिफ नाश्ता के लिए मालूम करने आया !"

"माई जी से नहीं पूछ लिया ?"

"आप नहीं बतलाइएगा ?"

"पूड़ियाँ निकाल लेना। मैं नहीं करूँगा नाश्ता···पहले चाय तो तैयार कर लेना !"

"जी, मालिक !"

"दूध मिलेगा सबेरे-सबेर ?"

"मिलेगा मालिक !"

थोड़ा रुककर महाराज ने पूछा—"अँगीठी ले आऊँ, आग सेंकेंगे मालिक ?"

कमरे के अन्दर से जवाब नहीं पाकर उसने आँखें फैला लीं और जीभ को दाँतों-तले दबाकर मन-ही-मन अपने आप से कहा : कपड़े सँभाल रहे हैं मालिक, रात को धारीदार पाजामा पहन कर लेटते-सोते हैं···बंगाली तो हैं नहीं की लुंगी पहनकर आधा नंगा रह लेंगे !

लुंगी से महाराज को सख्त नफरत है। वह लुंगी को कभी पसन्द नहीं कर सका। बंगाली परिवार में अभी-अभी दुर्गापूजा के मौके पर उसे धोती-कमीज के साथ-साथ एक फर्द लुंगी का चदरा भी मिला था। महाराज उससे बिछावन की चादर का काम लेता है !

किवाड़ की फाँक से कान लगाकर वह कमरे के अन्दर की ओर

अपना ध्यान जमाता है : कागज की सरसराहट सुनाई देती है···लगता है, मालिक देर से जग रहे हैं। कुछ पढ-लिख रहे होंगे !

किवाड़ का एक पट्टा खुलता है।

"अँगीठी ले आऊँ मालिक ?"

"नहीं, अँगीठी क्यों लाओगे ?"

महाराज सीढ़ियों से उतरते-उतरते भगौती की हिदायत सुनता है—'पानी गर्म करो, अभी बाबू लोगों को जरूरत पड़ेगी।"

"जी मालिक !"

"और सुनो, नीम की दतुअन नहीं मिल सकती है ?"

"मिल जाएगी ! देखता हूँ···"

"न मिले तो रहने दो। ब्रश से दाँत साफ कर लूँगा। उनके पास भी मुँह धोने का अपना सामान है ही। तुम पानी भर गर्म कर दो।"

"जी !"

"माई जी क्या करती हैं ?"

"पूजा पर बैठी हैं मालिक !"

भगौती ने देखा, गेरुआ धोती की निचली छोर से बूँद-बूँद पानी टपक रहा है। छत की बाहरी रेलिंग से अवधूतिन की भीगी धोती नीचे लटक रही है। उसमें कहीं भी किसी तरह का दाग नहीं है। गेरुए रंग में रँगी हुई, बिना किनारियों की सूती धोती सुबह-सुबह सूखने के लिए फैला दी गई है···इमरतिया खुद ही डाल गई होगी।

इतना सवेरे नहा लेती है !

सधुआइन है तो नहाएगी नहीं सवेरे ?

नहा-धोकर पूजा पर बैठ गई है··· रोज इसी तरह सुबह नहाती होगी ?

भगौती सोचता है : मैं भी नहा लूँ ! अपनी धोती मैं भी इसी रेलिंग पर डाल दूँ सूखने के लिए ?···

लेकिन मुझे क्या पड़ी है ! मैं क्यों सवेरे नहाऊँगा ? इतनी ठण्ड में नहाऊँगा तो जुकाम-खाँसी नहीं होगी ? नहीं, मैं धूप में नहाऊँगा। आठ बजे, नौ बजे, दस बजे···

दस बजे नहीं, दस बजे तो वकील साहब निकल जाएंगे। भगौती को आठ-साढ़े आठ तक वकील के यहाँ पहुँचना है।

भगौती सात बजे नहा लेंगे।

नाश्ता तो नहीं करेंगे। आधा गिलास दूध पीकर निकलेंगे भगौती।

खाना खाने के लिए डेढ़-दो बजे तक वापस आ जाएँगे।

"राम राम, बाबूजी!"

"राम राम सेठ जी! अच्छी तरह सोये आप लोग?"

"हाँ, बाबूजी!"

दूसरा नेपाली बोला: "पत्ता ही नईं चला कि रात कइसे गूजर गया सा'ब! भोत अच्छी नींद आया सा'ब! …ही-ही-ही ही…आप सोया साब, अच्छी तरैं?"

"जी, हाँ!" भगौती ने कहा, "लैट्रिन जाएँगे?"

"नहीं सा'ब," पहला सेठ बोला, "अभी नहीं!"

उसके दाहिने हाथ में जगमगाता हुआ सिगरेट-केस था, बायाँ हाथ पैंट की पाकेट के अन्दर।

लाइटर निकल आया तो एक सिगरेट आगे बढ़ाकर उसने भगौती की तरफ दिखलाई: "लीजिए सा'ब, ठहरिए, नीचे आकर धरा दूं!"

"नहीं" भगौती ने नीचे बरामदे से कहा, "अभी नहीं, चाय के बाद चलेगी…आप जला लीजिए।"

भगौती ब्रश से दाँत साफ कर रहे थे। सफेद झाग मुँह के अन्दर भरा था, अच्छी तरह बोल पाना असंभव हो रहा था, फिर भी अस्फुट उच्चारण में पूछा: "वो विराट-नगर वाला भाई अब तक सो रहा है?"

"जी, सा'ब!"

"सोने दीजिए, कई दिनों का थका होगा बेचारा!"

अब दूसरा सेठ भी सिगरेट फूंक रहा था।

महाराज ने एक बाल्टी गर्म पानी चौके से बाहर निकालकर बरामदे पर वहाँ रख दिया जहाँ से पाखाना और नहानघर करीब थे।

एक-एक सिगरेट फूंककर दोनों नेपाली सेठों ने मुंह-दाँत धोए।

चाय ऊपर ही पहुँच गई, भगौती वाले कमरे में।

"महाराज, बिस्कुट ले आते।"

भगौती के इस आदेश का आगंतुकों ने अनुमोदन नहीं किया तो रसोइया बोला—"नाश्ता ले आऊँ?"

"अभी नहीं," मेहमानों ने कहा, "लेकिन चाय एक-एक कप और लेंगे।"

अब तक तीसरा आगंतुक भी बिस्तरा छोड़ चुका था। चाय-चक्र में साथ देने के लिए वह भी जल्दी-जल्दी आँख-मुँह पोंछता हुआ आ गया।

भगौती ने उससे पूछा, "तुम्हारे मोरंग (पूर्वी नेपाल) के इलाके में इस बार धान की फसल कैसी है?"

"बहुत अच्छी।" वह बोला।

चौथी प्याली की नाक टूटी थी। वह मानो विराटनगर वाले उसी मेहमान के लिए अब तक खाली थी। और किसी ने मानो उस विकलांग लघु पात्र की ओर इससे पहले ध्यान ही नहीं दिया था। बेचारी के होंठ भी कटे-फटे थे। चमक उड़ गई थी। एक अजीब फीकापन उसे दयनीय बना रहा था।

तीसरा आगंतुक बार-बार बेचारी की तरफ देखने लगा और सामूहिक बातचीत की कड़ी में उसकी गर्दन पहले तो हिली, फिर तन गई।

भगौती ने इस चौथी प्याली में उसके लिए चाय भर दी।

उसने आखिर डिश-सहित कप को बाएँ हाथ की हथेली पर उठा लिया।

इस पर दोनों नेपाली सेठ समझकर हँस पड़े। ठेठ नेवारी भाषा में उन्होंने एक-दूसरे से कुछ कहा और रह-रहकर मुस्कुराने लगे।

भगौती नेपाल यानी गोर्खाली भाषा तो अच्छी तरह समझ लेता था, ऊपरी नेपाली की यह नेवारी उसकी समझ में कभी नहीं आई। विराट-नगर वाला भाई नेपाली ही जानता था। सेठों का हँसना इन दोनों के लिए पहेली था।

"क्या बात हुई?" भगौती बोले, "कुछ हमें भी बतलाइए न!"

"चाय में मीठा बहुत पड़ा है···" एक सेठ ने यह कहा तो दूसरा फिर हँसने लगा।

भगौती समझ रहे थे कि उन्होंने असल कारण नहीं बतलाया है। विराटनगर वाला भाई नेपाल का मूल-निवासी नहीं था, मारवाड़ी था। उसे शक हुआ कि, हो न हो, उसी के बारे में नेपालियों का आपसी परिहास चल रहा है।

उधर से रसोइया एक बढ़िया कप ले आया, बोला—"मालिक, बड़ी गलती हो गई।" और उसने विराटनगर वाले भाई की हथेली पर से टूटी नाक वाला कप उठा लिया···

अब भगौती को भी हँसी आ गई।

मारवाड़ी भाई भी मुस्कुराने लगा।

फिर चारों जने मिलकर खूब हँसे !

"आपने बतलाया क्यों नहीं ?" भगौती ने तीसरे मेहमान से कहा, "इस तरह की तकल्लुफ ठीक नहीं।"

"घर में सब चलता है !" वह बोला और चाय सुड़कने लगा।

भगौती कहने लगे—"महाराज ने खुद ही अपनी भूल दुरुस्त कर ली। वर्ना, मैं आज उसकी बड़ी फजीहत करता। इस किस्म का कप किचन के अन्दर रखना भारी फूहड़पन है साहब !"

थोड़ा रुककर उन्होंने नेपाली बन्धुओं से कहा—"और, माफ कीजिए, आपको इस गलती का पता चल गया था, फिर भी हमें बतलाया नहीं !"

इस पर बेहद चमकती हुई घड़ी वाले पहले नेपाली सेठ ने माफी माँगी और सिगरेट-केस खोलकर भगौती के सामने कर दिया। अनुरोध की मुद्रा में उसकी ठुड्डी हिल रही थी।

सिगरेट सुलगाकर भगौती नीचे उतर आए।

उन्हें बाहर जाने के लिए तैयार होना है।

वह अकेले निकलेंगे।

अभी वह माई इमरतीदास से नहीं मिलेंगे।

हाँ, राम-राम बोलेगी तो भगौती भी राम-राम बोल देंगे। बस, अभी इतने-भर का वक्त मिलेगा।

लेकिन बाबाजी नहीं मानेगा।

आधा गिलास दूध या नींबू-पानी या खाने-पीने की कोई भी चीज,

जरा-सी कुछ भी अगर महाराज के हाथों से लेकर भगौती अपने हलक से नीचे नहीं उतार लेंगे और यों ही बाहर निकल जाएँगे तो सारा दिन उस गरीब ब्राह्मण का जी कचोटता ही रहेगा !

दुपहर-बाद, ढाई बजे भगौती लौटे हैं। सुभाष नगर, बाजार, कचहरी, चौक···जाने कहाँ-कहाँ भटकना पड़ा है !

इमरितिया ने अपने हाथों से खीर तैयार की है, चिरौंजी और किस-मिस डालकर। बहुत दिनों बाद वह आज रसोई के अन्दर बैठकर ढंग की कोई चीज बना सकी है।

लेकिन भगौती की भूख मर गई है···

मुश्किल से एक परावँठा खत्म कर पाए हैं। बार-बार कहने पर भी चार चम्मच से ज्यादा खीर कहाँ ले सके भगौती ?

इमरितिया की समझ में नहीं आ रहा है कि भगौती को आखिर हुआ क्या ? वह इन्हीं हाथों से उन्हें कई-कई कटोरे खीर खिला चुकी है। वहाँ, जमनिया में भगौती से ज्यादा खीर का शौकीन और कौन था ?

बोले—"शाम को यह खीर काम आएगी। तीन तो मेहमान ही हैं। दो-तीन जने और भी रहेंगे। शायद लालता भी आ जाएँ शाम तक !"

"बस" इमरितिया सोचती है, "इनका जी तो आज खीर देखकर ही अघा गया ! वाह रे, खीर के शौकीन ?"

अब आराम करेंगे शायद !

नहीं, आराम कहाँ करेंगे ! आराम करने से काम चलेगा ?

बाहर निकलेंगे भगौती···

तीनों आगंतुक साथ ही निकले हैं।

खाना खाकर डेढ़ बजे निकल गए थे। सात बजे लौटेंगे। एक ने कहा था, देर भी हो सकती है ?

कितनी देर हो सकती है ?

नौ तक तो लौट ही आएँगे।

लेकिन भगौती खुद सात से पहले ही लौटेंगे। दो-तीन जने मिलने आएँगे सात बजे।

"महाराज, सुनते हो ?"

"जी, मालिक !"

"शाम को सात बजे नाश्ता और चाय का इन्तजाम करके रखना, दो-तीन के लिए। चौक से मलाई के लड्डू ले आना···"

भगौती पाँच का नोट बढ़ाते हैं, आगे आकर बाबा जी उसे थाम लेता है।

माई इमरतीदास चुपचाप अपने कमरे के बाहर, दीवार से पीठ टिकाए खड़ी हैं। सूनी-सूनी निगाहों से जमनिया मठ के अधिष्ठाता की तरफ देख रही हैं···उस रोज उदासी अधिक थी। आज फिर भी थोड़ा हरापन है। लगता है, कल किसी अच्छे सैलून में इत्मीनान से आधा घण्टा बैठे थे।

आज भगौती माई इमरतीदास की नजरों को खूब जँच रहा है··· बड़ी-बड़ी आँखों वाला यह खूबसूरत चेहरा इतने गौर से उसने पहले शायद ही कभी देखा हो !

भगौती की पलकें माई की तरफ क्यों नहीं उठ रही हैं ?

महाराज को यह सब जाने कैसा-कैसा मालूम देता है !

वह रसोईघर के अन्दर चला गया है।

वह पीढ़े पर बैठकर बाहर की ओर कान लगाए हुए है।

भगौती एक बार फिर सीढ़ियों से ऊपर गए हैं। कोई कागज रह गया होगा। ले आए हैं और आहिस्ते से बाहर निकले हैं।

महाराज रसोईघर से बाहर आया है। दरवाजे की साँकल चढ़ाने के लिए बरामदे से गुजरकर बाहरी कमरे की ओर बढ़ेगा।

इमरितिया ने उसकी तरफ नजर नहीं उठाई है। अपने रूम के अन्दर आ गई है···

मुहल्ले की श्रद्धालु महिलाएँ अभी थोड़ी देर में माई से मिलने आएँगी।

उन्होंने समय ले रक्खा है।

घण्टे-भर का सत्संग रहेगा।

महाराज को इस प्रोग्राम का पता है, लेकिन उसका भी अपना प्रोग्राम

तय है। वह पड़ोस वाले पार्क में घण्टा-डेढ़ घण्टा धूप में बैठेगा और अपनी बिरादरी के रसोइया-दोस्तों के साथ जमकर ताश खेलेगा।

इस बीच में महरी आकर चौका-बर्तन कर जाएगी।

खीर का आधा कटोरा खत्म करके रसोइया माई इमरतीदास से कहने आया है, "हम बाहर जा रहे हैं, पाँच बजे लौटेंगे माई जी !"

"जाओ !"

"अन्दर से दरवाजा लगा लीजिए !"

"अच्छा !"

ग्यारह बज ही गए आखिर !

आगंतुकों को दस बजे विदा किया।

दोस्त-मित्र दो-तीन जने आए थे, डेढ़-दो घण्टे तक उनसे बातें होती रहीं।

लालता का इन्तजार कर रहा हूँ। कल दस बजे तक उसे आ ही जाना चाहिए। न आ सका तो तार आएगा।

अपने वकील को साथ लेकर मुद्दई पक्ष के वकील से मिला था। सुलह-समझौते की बात चली। हमारी तरफ से ही उठाई गई···

मुद्दई-पक्ष का वकील हमारे वकील से कहीं सीनियर है। पी॰ के॰ दास। जिले-भर में दास बाबू का नाम है। बंगाली दिमाग का लोहा सभी मानते हैं। हमारा वकील नौजवान है, काफी तेज-तर्रार है।

अखबारों में इधर जमनिया-मठ के बारे में इतना ज्यादा छपा है कि हवा का रुख मुकद्दमा खुलने से पहले ही बाबा के खिलाफ हो गया है।

सुलह का जिक्र छिड़ते ही दास बाबू बोल उठा—"मर्डर, रेप, स्मगलिंग, जासूसी, जोर-जुल्म, कौन-सा चार्ज नहीं लगाया गया है इस बाबा पर ? स्वामी अभयानंद ने कैम्प-मजिस्ट्रेट के सामने अपना जो बयान दिया था, उसकी नकल आपने देखी होगी। स्वामी घायल हालत में ही कैम्प-मजिस्ट्रेट मिस्टर जे॰ पी॰ बाटलीवाला से मिला था। स्वामी के साथ एक पोलिटिकल पार्टी के दो-तीन लीडर भी थे। यह मामूली पुलिस-केस या फौजदारी का अदना मामला नहीं है···"

दास बाबू सिगार सुलगाए हुए था।

दो कश खींचकर फिर उसने मेरी तरफ मुखातिब होकर कहा—"अच्छा होगा कि आप लोग बाबा को अपनी किस्मत पर छोड़ कर अलग हट जाएँ, उसे अपनी करनी का नतीजा भुगतने दें !"

इसके बाद, मुझसे हटकर, दोनों वकील अन्दर वाले रूम में चले गए। आधा घंटा उनकी गुफ्तगू चली और वे बाहर निकल आए।

अपने वकील अस्थाना साहब ने पीछे मुझे सब कुछ खुलासा बतला दिया।

क्या कहा आपसे अस्थाना साहब ने ?

कहा—"मिस्टर भगौती प्रसाद, सुन ली आपने दास बाबू की बात ? अगर यही राय मैं देता आपको तो आप रंज हो उठते !"

"नहीं साहब, मैं जरा भी रंज नहीं होता···मुवक्किल भला वकील पर रंज होगा ? कहाँ जाएगा रंज होकर ! वकील से रूठ कर मुवक्किल को दुनिया के किस कोने में ठौर मिलेगा ?"

अस्थाना जी बोले—"बात यह है कि हमारी बिरादरी यानी वकीलों की जमात यों ही बदनाम है। आपको अन्दर-अन्दर बुरा लग रहा होगा··· मगर हम इतना तो आपको बतला ही दें कि बाबा की लम्बी जटाओं का मोह छोड़िए ! भगवान नें आपको खाने-खरचने के लिए बहुत बड़ी जायदाद दी है, बढ़िया परिवार दिया है, बाल-बच्चे दिए हैं। अपने सीने पर नाहक इतने अर्से तक आपने एक बदमिजाज औघड़ को बैठा रक्खा था ! जाने दीजिए, वह मलंग अपनी करतूतों के लिए जेल के अन्दर डाल दिया गया है, अब उसे वहीं पड़ा रहने दीजिए !"

अन्त में, वकील साहब ने मुझे आगाह कर दिया—"कहीं आप भी सरकार की निगाहों में आ गए तो वह और भी बुरा होगा। फिर आप भी कानून की गिरफ्त में आएँगे और आपके दोस्तों की परेशानियाँ कई गुनी अधिक हो जाएँगी। आप पैरवी करना छोड़ देंगे तो स्वामी अभयानन्द को इकतरफा डिग्री मिलेगी, बाबा को दो ही साल जेल के अन्दर रहना पड़ेगा···" फिर हँसकर अस्थाना जी ने मेरा हाथ दबाया और कहा—"मुकदमा उलझ जाता तो हम फायदे में रहते। हमारी राय के मुताबिक आप कहीं सचमुच बैठ गए तो वकीलों का भारी नुकसान

होगा !"

जवाब में मुझको मुस्कुराना पड़ा, मैंने हँसने की भी कोशिश की।

वकील साहब को ताँगे पर उनकी कोठी तक छोड़ आया। अशोक-केबिन के अन्दर पहुँचकर कॉफी का आर्डर दिया, कुर्सी से पीठ और सिर टिकाकर पन्द्रह मिनट पलकें मूँदे रहा, निश्चेष्ट !

इमरितिया ने बड़े जतन से खीर तैयार की थी। मुझसे दो चम्मच भी खाया नहीं गया···फौरन भागना पड़ा, सेठ बिर्धीचन्द के दामाद से मिलना जरूरी था न ?

ओफ ! सबका माथा उलट गया है···कोई सीधे मुँह बात नहीं करता ! बाबा के प्रति लोगों में कैसी नफरत उमड़ आई है। यहाँ तक तो मैंने कभी सोचा नहीं था, सपने में भी नहीं !

चौक में 'रस्तोगी ब्रदर्स' से मुलाकात हुई। दोनों भाई मिल गए। छै-सात रोज हुए, खुद ही बड़े सेठ ने सौ-दो सौ देने की इच्छा प्रकट की थी। आज छोटा सेठ कहने लगा—"मुंशी जी, लगता है, आप अखबार नहीं देख रहे हैं आजकल ! बाबा से क्या बयान दिलवाएगा कोर्ट में ?"

मैं झेंप गया !

दस का नोट मेरी तरफ बढ़ा तो मैंने अपने को अपमानित महसूस किया।

मैंने नहीं लिया।

छोटे सेठ ने बड़े सेठ की तरफ देखा।

वह हँसकर बोला—"क्या दरकार है इसकी ! अब मुंशी जी को मुकदमा लड़ने के लिए रकम का टोटा नहीं पड़ेगा। जो भी खर्च पड़ेगा, पाकिस्तान से आएगा। एक औलिया को बचाने के लिए कराँची-लाहौर वाले इतना भी नहीं करेंगे ?"

मैं ऐंठकर रह गया !

अच्छा तो यही होता कि वह मुझे दो तमाचे ही लगा देता···

आज सारा दिन तमाचे खाता रहा हूँ ! फिर और क्या खाता ?

दूध पी लूँ थोड़ा···

जाड़े की रात है, कैसे कटेगी ?

"मालिक, और दूध लाता हूँ। आप सारे दिन भूखे हैं। खीर भी नहीं ली। शाम को मलाई का एक-आधा लड्डू ही लेते !"

"नहीं महाराज, अब और दूध नहीं चाहिए। और सुनो—"

"जी मालिक !"

"छत पर आगे की तरफ बाँस में झंडा टँगा है न ?"

"जी !"

"उसे उतार लेना !"

"अभी कर लेना यह काम···बाँस भी हटा लेना !"

"हटा लूँगा मालिक !"

"कैसे हटाओगे ?

"रेलिंग के सहारे बँधा है, खोल लूँगा।"

"झंडे का क्या करोगे ?"

बाबा जी को नहीं सूझ रहा है कि झंडे का क्या होगा ! हाँ, शेर छाप गेरुआ कपड़े का वह टुकड़ा किस काम आएगा ?

"सुनो, हमें दे जाओ झंडा ! हम उसे रख लेंगे। तुम उसे सँभालकर रख नहीं सकोगे।"

"जी !"

"किसी से बतलाना नहीं कि मालिक ने उतरवा लिया है, हाँ !"

"नहीं, किसी से नहीं बतलाऊँगा, मालिक !"

"ठीक !"

दूध पी चुका हूँ।

झंडा भी महाराज यहाँ रख गया है।

दो, चार, आठ, कई तहों में लिपटा हुआ यह शेर छाप गेरुआ कपड़े का टुकड़ा मुश्किल से दस-बारह रोज धूप और हवा के मजे ले सका होगा !

अभागा झंडा !

सामने दीवार वाली खुली आलमारी के एक खाने में महाराज इसे रख गया है।

मैं बार-बार उस ओर देख लेता हूँ।

अब इसका क्या होगा ?

बाहर छत पर ले जाकर लाइटर सुलगाकर छुआ दूँ इसमें ?

यह जमनिया वापस जाएगा ?

हाथ अपने आप लाइटर पर चला जाता है···

सिगरेट सुलगा लूँ ?

सुलगा ही लूँ !

फूँक मारकर लाइटर बुझा देता हूँ···

कमरे से निकलकर छत पर चहलकदमी करने लगा हूँ···

अगहन शुक्ल पक्ष की दसवीं चाँदनी है।

सर्दी है तो क्या हुआ, आसमान साफ है।

आसमान साफ है, लेकिन उम्मीद धुँधली है।

धुँधली नहीं चौपट !

ब्रह्मदेव 'व्याकुल' मिलने आया था न ?

क्या कह रहा था ? लीडर आदमी ठहरा, सभी जगह आता-जाता है; पक्की बात का पता रहता है उसे। तुमसे कुछ नहीं छिपाएगा, सही-सही बतला देगा सब कुछ।

हाँ, ब्रह्मदेव और तुम दसवीं में साथ-साथ थे न ?

हाँ, साथ थे। ब्रह्मदेव ने उसी वर्ष अपना उपनाम 'व्याकुल' रखा था। वह पास हो गया था, मैं फेल···

ब्रह्मदेव बतला रहा था—"भगौती, क्या समझते हो ? सेठ बिर्धीचन्द, ठाकुर शिवपूजन सिंह और रानी साहिबा तुम्हारा साथ देंगी ? सारे के सारे हाथ झाड़कर अलग हो जाएँगे ! तुम्हारी अपनी अर्थी नहीं उठ रही है न ? यह तो उस औघड़ बाबा की अर्थी उठ रही है, जनता ने जिसे अपने दिल से उतार दिया है। इसकी अर्थी अकेले ही घसीटकर तुम्हें मसान तक पहुँचाना है। कोई और आदमी इस अर्थी में अपना कंधा नहीं लगाएगा···!"

हाँ, वह ठीक ही कह रहा था तुम्हें !

सेठ बिर्धीचन्द का जमनिया के चीनी के कारखाने में इक्यावन प्रतिशत शेयर है। ढाई-तीन सप्ताह से मिल में मजदूरों की हड़ताल चल रही

है। बड़ी मुश्किलों से अब आकर समझौते का रास्ता खुला है। स्वामी अभयानन्द का जिस पार्टी से ताल्लुक बतलाते हैं, उसी पार्टी के असर में इधरवाली चीनी मिलों के मजदूर मुद्दत से रहे हैं। सेठ जी ने अपना आदमी भेजकर प्रदेश की राजधानी में बैठे हुए श्रम मन्त्री तक यह बात पहुँचा दी है कि जमनिया के बाबा से उनका कभी कोई वास्ता नहीं रहा। सेठ बिर्धीचन्द कितनी दूर की सोचता है भगौती ? जिस मरे हुए साँप को तुम अब भी गले में लपेटे हुए हो, सेठ उस साँप की पहचान तक से इन्कार कर गया !

भई भगौती, यह तो मानना ही पड़ेगा कि बनिया जमींदार से कई गुना अधिक चतुर होता है ! नहीं ? मैं गलत कहता हूँ भगौती ?

तुम भला गलत कहोगे ब्रह्मदेव ? मैं तो स्कूल में भी तुम्हें अगुवा मानता था···

साल में चार-चार बार मेला लगता था जमनिया में। ठीक है कि मठ को जमाने के लिए ये मेले-ठेले हमीं ने शुरू करवाए थे। ठीक है कि कुल मिलाकर पचीस-तीस हजार की आमदनी मेला कमेटी को हो जाती थी, पन्द्रह हजार से कम तो कभी नहीं हुई !

शुरू से लेकर अब तक कौन इस मेला-कमेटी का अध्यक्ष होता आया है ?

सच-सच बोलो सेठ, मैं कि तुम ? वाह, अपनी गर्दन तुमने दूसरी तरफ फेर ली ! मुझसे नजरें भी नहीं मिलाओगे ?

पिछले कई वर्षों क्या ऐसा नहीं होता रहा कि खर्चा-वर्चा काटकर, आमदनी की आधी रकम तुमने अपने अलग-अलग धन्धों में लगा ली है ?

बैंक में तुमने कभी खाता नहीं खुलने दिया ! हमेशा इन्कम टैक्स-डिपार्टमेण्ट की धाँधली का बखान करके हमें तुम डराते रहे···मेरा छोटा दामाद एम० काम० पास है। एक बड़े बैंक की कानपुर शाखा में अच्छे ओहदे पर तीन-चार वर्षों से जमा है। मेला-कमेटी के हिसाब की असलियत के बारे में उसने कई बार अपना शक जाहिर किया था। वह इस बात पर भी कहाँ कभी सहमत हुआ कि कमेटी की बचत वाली धनराशि

मठ के मैनेजर हर बार सेठ जी की ही रोकड़ में जमा करते जाएँ !

बस, यह सब लालता और ठाकुर की जिद पर होता रहा···पता नहीं सेठ बिर्धीचन्द का मुनीम कौन-सी जड़ी इन दोनों को सुंघाता रहा !

पिछले चुनाव में जोरों से अफवाह उड़ी कि जमनिया मठ की ढेर सारी रकम सेठ बिर्धीचन्द ने अपने खानदानी गुरू महाराज के बड़े लड़के को अर्पित कर दी···राजस्थान का वह जवान एडवोकेट लोकसभा की उम्मीदवारी के लिए स्वतन्त्र पार्टी का टिकट पा गया था ! हार गया बेचारा ! पीछे अखबार में किसी ने लिखा था : "ढोंग और अन्धविश्वास के सहारे उपार्जित की हुई मठवालों की यह धनराशि श्मशान के भस्म की भाँति व्यर्थ साबित हुई !"

आज तुम्हारे लिए भी जमनिया मठ की वह धनराशि मसानी राख की तरह फिजूल साबित हो गई भगौती !

अच्छा हुआ, तुम्हारा मोह टूट रहा है ! नहीं टूटेगा ?

टूटेगा कैसे नहीं ? टूटना होगा उसे, बिना टूटे रह कैसे जाएगा ?

यह मोह नहीं टूटा तो तुम्हीं टूट जाओगे भगौती !

न, न, न···मैं भला क्यों टूटूँगा ? कौन कहता है, भगौती टूटेगा ?

भगौती लचक जाएगा, भगौती सात जगहों पर टेढ़ा-मेढ़ा हो जाएगा, झुक जाएगा भगौती ! टूट तो वह कभी सकता ही नहीं !

शाबाश, बेटे !

शाबाश, भगौती के बच्चे !

शाबाश, भगौती के नाना !

शाब्बाश राजा···

यह कौन था भाई ?

किसके बारे में पूछ रहे हो ?

अभी-अभी जो शाबाशियाँ दे रहा था ? उसी के बारे में पूछ रहे हो ?

ठहरो, सिगरेट जला लूँ !

बस, एक सेकेण्ड···

भगौती छत की रेलिंग से सटकर खड़ा होता है।

लाइटर साथ है, निचली पाकिट में। ऊनी कुर्ते में नीचे दोनों तरफ पाकिटें हैं। लेकिन सिगरेट की पैकेट साथ नहीं है…रूम के अन्दर लौटना पड़ेगा ?

जी हाँ, घड़ी देख लीजिए !

साढ़े बारह ! जी !

नीचे चलिए बाबू भगौती प्रसाद ! सिगरेट ही फूँकनी है ? पानी-वानी पीजिएगा ?

रसोइया सोया नहीं है।

उसके कान छत की तरफ लगे हैं ! माई जी ने दो बार उसे सावधान कर दिया है, "मालिक की तबीयत ठीक नहीं है, महाराज, तुम उनका खयाल रखना !"

मालिक सोएँगे नहीं ?

सारी रात छत पर फेरा लगाते रहेंगे ?

क्या हुआ है ?

माथा गरम हो गया है।

पूछूँ चलकर ?

नहीं, अब आहट कहाँ आ रही है !

सिगरेट पी रहे हैं खड़े होकर ? या, रुककर किसी तरफ कुछ देख रहे हैं ?

पूरब से गाड़ी आ रही है…

मालिक गाड़ी देख रहे हैं ?

यह लो, छत से नीचे आ रहे हैं।

अब मैं चलकर पूछ लूँ न ?

"मालिक कैसी तबीयत है ?"

"क्यों, क्या हो गया है मुझे ?"

"आपको नींद क्यों नहीं आती है ?"

"तुम क्यों जाग रहे हो ?"

"जी मालिक, आप सो जाएँगे तब मैं सोऊँगा। आपको नींद नहीं आएगी तो मैं भी जागता रहूँगा…"

गरीब ब्राह्मण की इस सिधाई पर बाबू भगौती प्रसाद को हँसी आ रही है !

अपने कमरे के अन्दर जाकर वह बिस्तरे पर पहले सिगरेट की पैकेट टटोलते हैं।

पैकेट हाथ आ गई।

अब उन्होंने स्विच ऑन किया।

फिर हँसकर महाराज से कहने लगे—"देखो, मैं जलती बिजली छोड़ गया था न ? तुम आकर ऑफ कर गए थे !···अब तो खैर, मैं भी सो ही जाऊँगा। बस, एक सिगरेट और जला लूँ···"

महाराज संजीदा मुद्रा में खड़ा है।

वह अन्दर-ही-अन्दर खुश है कि मालिक की तबीयत ठीक है, अच्छी तरह बोल-बतिया तो रहे हैं···माथा-फाथा कुछ गरम नहीं है ! नाहक माई जी फिकर कर रही थीं न ?

महाराज को सचमुच ही मालिक की चिन्ता व्याप गई थी··माईजी ने आँखें फैलाकर और आवाज को भारी बनाकर किस तरह कहा था कि अपने मालिक का खयाल रखना ! और, यहाँ तो उल्टे मालिक ही को चाकर का खयाल है ! लेकिन चाकर पहले किस तरह सो जाएगा ? एक बजे रात तक मालिक जागता रहे और नौकर को चिन्ता नहीं होगी ?

"महाराज, जाओ ! अब मैं भी सो ही जाऊँगा···"

वह सीढ़ियाँ उतरने लगा तो भगौती ने कमरे को अन्दर से बन्द कर लिया।

एक बात याद आई···कमरा खोलकर महाराज से कहा है—"मुझे सवेरे आठ-नौ बजे से पहले जगाना नहीं। कल दिन-भर मैं आराम ही करूँगा, बाहर नहीं निकलूँगा···समझा ?"

"जी मालिक ?" नीचे से आवाज आई।

अब अन्दर बन्द होकर भगौती कपड़े बदलेंगे। धारीदार सूती पाजामा कहाँ है ? वो रहा, खूँटी से टँगा है···

और फिर, लेटे-ही-लेटे हाथ बढ़ाकर आलमारी से चमड़े का बैग खींच रहे हैं···

अब चाँदी की दो डिबिया खाली नहीं हैं। अफीम की दस गोलियाँ नेपाली सेठ ने जाते वक्त दी थीं।

भगौती ने आधी गोली मुँह के अन्दर डाल ली है···अभी उसे वह पानी के सहारे ही निगलेंगे। दो-तीन बार चबलाकर निगलना हो तो दूध चाहिए, मलाई चाहिए।

खिड़कियाँ बन्द हैं न ?

ऊपर वाले दोनों गोल छेद हवा के लिए काफी हैं···

स्विच आफ करके लेट गए हैं।

अंडी चादर बदन पर जम गई, लो, पलकें भी मूंद ही लेंगे भगौती···

दो रात की नींद बाकी है, फिर भी इतनी जल्दी वह नहीं आएगी ! गोली का असर भी थोड़ी देर बाद ही शुरू होगा।

मुँदी हुई पलकों के अन्दर लगता है, खयालों के हुजूम थिरकने लगे हैं···

भगौती की आँखें बन्द हैं, लेकिन वह सो नहीं रहे हैं !

सो नहीं रहे हैं तो जाग भी नहीं रहे हैं···

लो, पुलिस वाले आ धमके।

भगौती को उन्होंने गिरफ्तार कर लिया है···हाथों में हथकड़ियाँ डालकर पुलिस वाले उसे हवालात की तरफ ले जा रहे हैं !

चौक होकर क्यों ले जा रहे हैं ?

चौक में 'रस्तोगी ब्रदर्स' वाली दुकान के सामने पुलिस वालों की रफ्तार धीमी हो गई है···दोनों सेठ भगौती पर थूकते हैं ! छोटा फबती कसता है, "साला हरामी पाकिस्तानी एजेण्ट का दलाल ! मुंशी का बच्चा, वतन-फरोश कहीं का !"

हवालात के अन्दर मस्तराम पहले तो मुस्कराता है, फिर दाँत पीसकर कहता है, "आ गए बच्चू ?"

बाबा ठहाके लगाता है··· फिर अँगूठा दिखलाता है। बोलता कुछ नहीं है !

इमरितिया मर गई है···गेरुआ कपड़ों से लाश ढकी है···मस्तराम अकेले ही अवधूतिन की लाश को अपने कन्धों पर लादे मसान की तरफ

जा रहा है !

मठ के खेतों में तैयार फसल की लूट मची है···भगौती के बैलों को खोलकर लोगों ने भगा दिया है···मठ के दोनों घोड़े गायब हो गए हैं··· बिजली का इंजन ठप है, पानी नहीं निकल रहा है कुएँ से, समूचा बाग सूख रहा है।

जमनिया मठ के प्रवेश-द्वारा पर दूर से ही चमक रहा है "चन्द्रशेखर आजाद सैनिक शिक्षण शिविर।" नजदीक से देखने पर छोटे अक्षरों में दीख रहा है—"मुख्य अधिष्ठाता, स्वामी श्री अभयानन्द।"

दोनों कलाइयों में दस-दस घड़ियाँ हैं···गले में घड़ियों की लम्बी माला लटक रही है···इर्द-गिर्द ट्रांजिस्टरों का अंबार लगा है···सामने छोटी-छोटी क्यारियों में खूँटियों की तरह फाउण्टेन पेनें जगमगा रही हैं।

चरस और गाँजे से भरे हुए बड़े-बड़े लेदर सूटकेसों से नशीला धुआँ उठ रहा है···दोनों नेपाली सेठ बुक्का फाड़कर रो रहे हैं। जंक्शन की समूची पुलिस-फोर्स उन्हें घेरकर खड़ी है। विराटनगर वाला वह भाई रेलवे-मजिस्ट्रेट के सामने अपना बयान दे रहा है, मुखबिर के तौर पर।

अरे ! यह संन्यासी कहाँ से आ गया इस मकान में ? पहचानते हो, कौन है ?

भई, चेहरा तो तुम्हीं से मिलता है !

नहीं ! मैं भला संन्यास धारण करूँगा !

मुझे कुछ बनना होगा तो मैं तांत्रिक बनूँगा औघड़ ! कापालिक ! मसान में ही डेरा डालूँगा !

बस, गौरी मेरा साथ देगी ! उसके हाथों में लम्बा त्रिशूल होगा। सुर्ख कपड़ों में जब वह किसी को लाल आँखों से घूरेगी तो उस आदमी के होश उड़ जाएँगे···

मैं गौरी को मस्तराम के पीछे लगा दूँगा !

गौरी उसे चबाकर कच्चे ही खा जाएगी···

बाबा···बाबा बा···बा रे बा !

धण्टा-भर बाद अफीम ने असर किया। गर्म चादर परे हटाकर पीनक में ही खखारकर भगौती ने करवट बदली।

खुले मुँह से जरा-जरा-सी लार निकल रही है।

इमरतीदास

परसों अगहन की पूर्णिमा थी।

आज मस्तराम से मिल आई हूँ। अब कौन जाने, कब हमारा मिलना होगा !

दास बाबू की कृपा न होती तो कैसे मैं मस्तराम से मिल पाती ? अस्थाना साहब ने अर्जीनामा तैयार किया। छुटकारे के लिए प्रार्थना-पत्र, कचहरी के हाकिम के नाम। दास बाबू ने सिफारिश कर दी। अर्जीनामा कल ही पेश हुआ, कल ही मंजूर हो गया।

दास बाबू की विधवा बहन कई बार मेरे यहाँ सत्संग में आई है। मुझ पर दया आई और तब उसने अपने भाई से मेरे छुटकारे के लिए बार-बार कहा। अस्थाना साहब ने बड़ी हमदर्दी दिखलाई।

किस तरह हवा का रुख पलट गया है।

बाबा की सारी सुविधाएँ छीन ली गई हैं, वह जेल के अन्दर मामूली कैदी की तरह रह रहे हैं···जिस छोटी सेल में पहले कुछ दिनों तक उन्हें रखा गया था, फिर उसी के अन्दर बन्द कर दिए गए।

लेकिन मस्तराम उसी तरह मस्त है···

मुझसे मिलने के लिए जेल-गेट के करीब लाया गया। हमारी आँखें चार हुईं, लेकिन हम दोनों गम्भीर बने रहे।

मेरी आँखें छलछला आईं।

उसकी निगाहों में सूनापन तैर रहा था।

थोड़ी देर मेरी तरफ देखता रहा। फिर वह अपने गले से लटकती हुई माल के मनकों को सहलाने लगा था। रुद्राक्ष की यह माला मैं ही तो

काशी से लाई थी पिछले वर्ष। तब से लगातार इसे मस्तराम ने पहन रखा है···वह गेट की मोटी सलाख़ों को देख रहा था।

बड़ा जमादार करीब ही खड़ा था। दो कैदी वार्डर भी खड़े थे।

बाहर मैं खड़ी थी तो अन्दर वह भी खड़ा था।

आज उसके हाथों में हथकड़ियाँ थीं।

सोच नहीं पा रही थी, क्या बात करूँ।

फिर मस्तराम ने ही पूछा—"कहाँ रहोगी ?"

"हरद्वार," मैंने आहिस्ते से कहा।

"अपनी तन्दुरुस्ती का खयाल रखना···"

"रखूँगी···"

"यहाँ कब तक हो ?"

"यही, दस-पन्द्रह रोज, और क्या !"

"हरद्वार में जी न लगे तो नर्मदा किनारे चली जाना, वहाँ अपने गुरुभाई रहते हैं···पता चाहो तो लिख लो !"

"नहीं, अभी नहीं चाहिए पता। जरूरत होगी तो पीछे मँगवा लूँगी···।"

"हाँ, खत डाल देना !"

अब हम फिर चुप हो गए।

करने को भला कौन-सी बात रह गई थी !···हमने एक-दूसरे की तरफ देखा।

मस्तराम के पतले होंठ मुस्कराने-मुस्कराने को हुए। दाढ़ी-मूँछ की खूँटियाँ थिरकती-सी लगीं। गंदुमी सूरत वाला वह चेहरा सादगी में भी दमकता-सा मालूम पड़ा।

दस मिनट पूरे हो रहे थे, हमें अलग होना था।

"चिट्ठी लिखूँगी, जवाब देना। इन्तजार रहेगा···"

"बेशक ! मुकदमे के बाद, पता नहीं, किस जेल में रखा जाऊँगा। मगर तुम्हें वक्त पर पता चल जाएगा।"

"अच्छा ! जय शंकर···"

"जय शंकर !"

हमारी नजरें, आखिर में, एक बार फिर मिलीं।

बड़े जमादार ने मस्तराम से कहा—"चलो, बाबा!"

अन्दर जेल के वार्डों की ओर से वे उसे ले जाने लगे। मैं उसकी पीठ ही देख रही थी तब।

अपने उसी रिक्शे से मैं वापस आ गई थी। दास बाबू की बहन मेरी राह देख रही थीं।

उनकी उम्र पचास से अधिक नहीं होगी। बड़ा लड़का डिग्बोई (असम) में पेट्रोल कम्पनी का इंजीनियर है। छोटा लड़का अभी-अभी अमेरिका से लौटा है, साइंस का प्रोफेसर है, बिहार के किसी विश्वविद्यालय में। अकेली रहती हैं। अपने लिए अलग यह कुटिया बनवा ली थी। बाप अपनी जायदाद में से एक अच्छा हिस्सा इस लाड़ली बेटी के लिए दे गए थे।

वह सधुआइन की तरह हैं।

सत्संग में तीसरे दिन आईं तो बाकी सबके चली जाने पर मैंने उनसे कहा—"जी करता है, आपको दीदी कह के बुलाऊँ!"

वह खिलखिलाकर हँसीं और मुझे अपने सीने से लगा लिया। बोलीं—"यहाँ क्या करती हो? चलो, मेरे समीप रहो कुछ दिन!"

चौथे नहीं पाँचवें दिन, महाराज ने मुझसे बतलाया—"अब दो-एक रोज में आपको मैं जमनिया पहुँचा आऊँगा माई जी! मकान-मालिक को अपना मकान वापस चाहिए। लालता बाबू का लड़का आया था, उसी ने मुझसे कहा है···"

मुझे भनक मिल गई थी। जेलर की बीबी दो-तीन बार सत्संग में शामिल हुई थी, उसी ने बतला दिया था।

मैं महाराज से क्यों यह सब बतलाती!

उससे कह दिया—"तुम्हें अपने काम से जमनिया जाना हो तो हो आना, मुझे तो अभी काफी अर्से तक यहाँ रहना है···"

बस, पूर्णिमा से एक दिन पहले मैं दीदी की कुटिया में आ गई।

महाराज दो बार यहाँ भी मुझसे मिल गया है। मैंने उसे पाँच रुपये

अपनी तरफ से दे दिए तो बड़ा खुश हुआ।

शिवनगर की रानी साहिबा का खत एक आदमी लाया था। उसे हिदायत थी, खत या तो भगौती को देना या माई इमरतीदास को।

महाराज उस आदमी को मेरे पास पहुँचा गया। मैंने चिट्ठी पढ़ी, रानी साहिबा ने लिखा था—"लालता को सौ रुपये भिजवा दिए हैं, लेकिन मुकदमे की पैरवी के लिए मैं किसी के नाम सिफारिशी पत्र नहीं दे सकूँगी, किसी से इस सिलसिले में मिलना भी नहीं चाहूँगी…"

वाह रे रानी जी !

तुम तो साफ निकल गईं…

भगौती भी निकल गए !

मुझे तो शंकर जी की कृपा ने ही उबार लिया है। हाय रे मस्तराम ! देखें तुम्हारी किस्मत में क्या बदा है।

कै साल की सजा होगी ?

दो वर्ष की।

नहीं, एक साल की। अस्थाना साहब ने बतलाया था परसों… मस्तराम की तरफ से कोई पैरवी करता तो ज्यादा-से-ज़्यादा चार महीने की सजा होती।

अच्छा मस्तराम, सजा की मियाद जेल के अन्दर पूरी करके लौटोगे तो मुझसे मिलोगे आकर ?

जरूर मिलोगे।

मैं तुम्हारा इन्तजार करूँगी…

मैं पिछले कई वर्षों से तुम्हारी राह देखती रही हूँ…

हम एक-दूसरे की पिछली जिन्दगी के बारे में बहुत थोड़ा जानते हैं। हमें जरूरत ही नहीं कि कुरेद-कुरेदकर पुरानी बातें मालूम करते। आसमान में अलग-अलग उड़ते हुए दो पंछी कुछ देर के लिए पेड़ की एक डाल पर आ बैठे। दोनों ने एक-दूसरे को देखा, परखा, महसूस किया। उन्होंने अपनी-अपनी रुचियाँ एक-दूसरे पर लादने की कोशिश कभी नहीं की। अन्दर और बाहर का सुथरापन दोनों को पसन्द था। दोनों ने अपने-

अपने गुरु से अलग-अलग दीक्षा ली थी। दोनों साधु-जीवन बिता रहे थे। फिर भी प्रकृति के तौर पर उनमें एक पुरुष था और दूसरी नारी थी···

मस्तराम, तुम हरद्वार आकर मुझसे मिलोगे ?

मैं अधिक से अधिक एक महीना दीदी के साथ रहूँगी। पन्द्रह दिन यहाँ पन्द्रह दिन प्रयाग। अगले महीने हरद्वार पहुँच जाऊँगी।

हरद्वार में कबीरपंथी सधुआइन रहती है एक। उसका अपना मकान है। भक्तों ने बनवा दिया था। कभी हम दोनों छै महीने साथ रहे थे ! अक्सर वह मुझे बुलाती रही है। मैं उसके साथ वर्षों गुजार सकती हूँ। सारा जीवन वह मुझे साथ रख सकती है···लेकिन···

लेकिन मस्तराम मुझे तुम्हारी प्रतीक्षा रहेगी। तुम हरद्वार जाओगे···

"चलो इमरती"—दीदी पास आ गई हैं, कहती हैं, "बाहर चलो ! यह भी भला लेटने-पढ़ने का वक्त है !"

ओह, शाम हो गई !

चलो, "आज तुम्हें तमाशा न दिखा लाती हूँ। मीटिंग-सीटिंग है, थोड़ी देर बाद बाँग्ला-नाटक होगा। वापस आएँगे और खाना-पीना करके सो जाएँगे। चलो।"

"चलिए।"

"बाँग्ला समझेगी तो ?"

"समझ लूँगी।"

"आँख-मुँह धो लो।" दीदी मेरे कन्धे पर हाथ रखकर खिलखिलाती हैं।

दीदी की यह खिलखिलाहट मेरे कानों को बहुत भाती है। इनका इस तरह खुलकर हँसना मैं क्या कभी भूल पाऊँगी ?

मैं दीदी के साथ बँगला-नाटक देखने जा रही हूँ। उनकी नौकरानी को अचरज लग रहा है।

मस्तराम

बेहद उदास थी !

औरों को नहीं लगता होगा, मगर मुझे तो बेचारी का चेहरा आज फीका ही लगा।

लगभग एक महीना बाद हमने एक-दूसरे को देखा···गिरफ्तारियाँ हुईं तो शहर की कोतवाली तक हम साथ आए थे। शाम की फीकी रोशनी में पुलिस वाले हमें जेल के गेट पर, सन्तरियों के हवाले कर गए थे।

यहाँ, जेल का छोटा बाबू रजिस्टर खोलकर हमारा दाखिला दर्ज करता रहा और बीच-बीच में इमरितिया की तरफ तिरछी निगाहों से देखता रहा। बाबा की लम्बी जटाओं के बोझ ने उसे अपनी ओर नहीं खींचा। जेल की हवालात में इससे पहले गेरुए कपड़ों वाली कोई सधु-आइन बन्द होने नहीं आई थी। हमारी पूरी हुलिया नोट की गई, हमारी शिनाख्त ली गई। हमारा वजन लिया गया। हमारी ऊँचाई को नापा गया। तब कहीं हमें जेल-गेट के अन्दर इन सेलों तक पहुँचाया गया था।

इमरितिया को बड़ा जमादार जनाना-वार्ड में छोड़ने चला तो धुँधली-फीकी रोशनी में हमने एक-दूसरे की ओर बेबसी की नजरों से देखा था।

लेकिन आज बिछुड़ते समय हमारी आँखों में वह बेबसी नहीं थी, सहज उदासी का भाव जरूर था।

अच्छा है, साल-दो साल हरद्वार रहेगी। गंगाजी का शुद्ध जल और वायु उसके तन-मन को शान्ति प्रदान करेगा। अब अगर जमनिया के उस नरक में इमरितिया को रहना पड़ता, तो गल जाती बेचारी। अच्छा हुआ, उसे छुटकारा मिला !

छूटकारा दरअसल मुझे भी मिला है। जेल के अन्दर वर्ष-दो वर्ष गुजार लेना मुश्किल नहीं होगा। इसमें भला मेरे जैसे मलंग को कौन-सी मुश्किल होगी ! मुश्किल तो वहाँ होती, भगौती की रियासत में !

किस तरह हमें उसने फाँस रखा था ? हम उसके हाथ के खिलौने ही तो थे, और क्या थे। भगौती साधुओं को इंसान थोड़े ही समझता रहा होगा ? माटी की मूरतें समझता रहा होगा···रबड़ और प्लास्टिक के बाबा···

वाह रे बाबा ! तू भी लगे हाथ छुट्टी पा गया···

बहुत अच्छा हुआ, बहुत अच्छा ! तेरे हक में इससे अच्छा और क्या होता ?

खैर मना अपनी ! बच गया है तू···

क्या कहा ? जेल ?

यह जेल तो फिर भी बेहतर रहेगी, बीस गुनी बेहतर ! जमनिया मठ की भूलभुलैया तेरी खातिर कब्र से भी बदतर साबित होती ! उसके अन्दर जमींदार का यह शैतान बच्चा तुझे जिन्दा ही दफन किए हुए था ! निस्तार नहीं था तेरा। था निस्तार ?

अपने सेल के अन्दर तू रो तो नहीं रहा है ?

तकलीफ तो बेहद पहुँची होगी।

नहीं पहुँची होगी तकलीफ ?

जरूर पहुँची होगी···

कितने मजे लूटे हैं तूने !

इन दस-बारह वर्षों में सुख-ही-सुख तो भोगता रहा है।

तूने खुद कोई सुख नहीं भोगा मस्तराम ?

अपना क्या ! अपन तो ऐसे बैल हैं कि सानी-भूसे में मस्त रहते हैं। है कोई माई का लाल जो कहे कि जमनिया में मलाई-मालपुआ के लिए मस्तराम लार टपकाता था ? कि मस्तराम औरतों का भूत उतारता था ? कि मस्तराम शाल-दुशाला डाले घूमता था ? कि मस्तराम सात सौ रुपये की घड़ी बाँधकर सेठ बिर्धीचन्द के दामाद के साथ कार में हवाखोरी के लिए निकलता था ?

लेकिन, अवधूतिन के लिए तो तू अपनी जान निछावर किए रहता था !

और खामखा लोगों की पीठ पर बेंत फटकारता था !

बाप रे, कितनी जोर से पीटता था लोगों को !

इसमें मेरा क्या कसूर ? वे ही अड़ जाते थे। खानदानी औरतें तक मिन्नत-निहोरा करती थीं, "मस्तराम बाबा आपकी बेंत लगेगी तो ठूँठ की कोख से भी हरा-हरा पौधा निकल आएगा, पत्थर पर दूब जनमेगी···"

बेंत की पिटाई के बाद मेरी ड्यूटी खत्म हो जाती थी। अगला मोर्चा दूसरे-दूसरे फतह-बहादुर सँभालते थे। भगौती-लालता-रामजनम-सुखदेव का अपना-अपना गिरोह था। यही लोग ठूँठ की कोख से पौधा पैदा करने की विद्या जानते थे ! पत्थर पर दूब जनमाने की हिकमत इन्हीं लोगों को मालूम थी।

और इमरितिया ? जी हाँ, मैं उसे पसन्द करता था ! मैं उसे चाहता था ! लेकिन, ओछी नजरों से मैंने उसे कभी नहीं देखा। शील और संयम की उसकी संजीदगी मुझे शायद ही कभी खली हो। अज्ञातवास के दिनों में भीम ने जिस तरह दुष्ट कीचक से द्रौपदी की रक्षा की थी, उसी तरह भगौती से मैंने इमरितिया को बचाया। वह मुझ पर जान देती थी। बहन भाई पर जान नहीं देगी ?

"मस्तराम बाबा, राम-राम !"

"कहो सुकुल ! कै बजा ?"

"साढ़े-चार से ऊपर होगा।" सुकुल ने सेल का ताला खोलते हुए कहा—"कुछ पता चलता है ! इन ऊँची-ऊँची दीवारों के उस पार सूरज भगवान कितने नीचे लटक गए हैं ! कैसे बतलाऊँ महाराज ? जाड़े के मौसम में तीन ही बजे जेल के अन्दर शाम उतरने लगती है, मस्तराम बाबा !"

सेल का सलाखों वाला लोहे का छोटा गेट खोलकर सिपाही राम सुभग सुकुल उसी से अपनी पीठ टेककर खड़ा हो गया है। लाठी वहीं सेल की दीवार से टिका दी है उसने। भारी-भरकम ओवरकोट के अन्दर

जाकिट की जेब टटोल रहा है···

सुकुल अब सुर्ती तैयार करेगा।

"अशर्फिया नहीं आया अब तक !"

"आ जाएगा !"

"इसका बाप भी पुलिस लाइन में आखिर तक रहा। सत्तर साल की उमिर में मरा था ··"

सुकुल ने चूने की डिब्बी खोलकर जरा-सा चूना निकालकर बाईं हथेली पर रखा और इधर-उधर देखकर आहिस्ते से कहा—"यह बाबा सचमुच मुसलमान रहा होगा। जिस तीली से दाँत खोदता है, उसी तीली से कानों का मैल भी निकालता है। झूठ-सूठ का विचार रखता है ! कैसे आप लोगों ने इसको इतने अर्से तक अपने माथे पर बैठाकर रक्खा ?"

मैं सुकुल की बात सुन लेता हूँ। कुछ नहीं कहता हूँ। उसकी ओर देखता हूँ।

सोचता हूँ, सीधा-सादा किसान पुलिस की लिबास में सामने है। इसका माथा गिजबिज कर रहा है, नफरत के कीड़े रेंग रहे हैं दिमाग के अन्दर ! अभी कल तक सुकुल बाबा के पैर छूकर अपने को धन्य-धन्य मानता था, और आज घिन के मारे उसके नाम पर थूकता है ! नजर उठाकर देखना तक नहीं चाहता बाबा की तरफ···आज वह आदमी ब्राह्मण सिपाही की नजरों में और कुछ नहीं है, एक मुसलमान है सिर्फ ! खालिस मलेच्छ···कोरा विधर्मी ! जाने कब से वह भोली-भाली हिन्दू जनता को ठगता आ रहा था। उसे कड़ी-से-कड़ी सजा मिलनी चाहिए !··· मैं सुकुल की ओर एकटक देख रहा हूँ और उसके अन्दर उठते उफान को अपने खयालों के मुताबिक नापने की कोशिश कर रहा हूँ···सोच रहा हूँ और सोच रहा हूँ !

वह सुर्ती मसल रहा है।

दुहरे करके दो कम्बल बिछे हैं। मैं इत्मीनान से पालथी मारकर बैठा हुआ हूँ।

अपने हिन्दू समाज पर बार-बार मेरा ध्यान जा रहा है। हजारों

वर्ष गुजर चुके हैं और बाहर से आ-आकर पचासों जातियाँ इस समाज के अन्दर घुल-मिल गई हैं। आर्य-अनार्य, शक-हूण, मंगोल-किरात··· सबका लहू हमारी रगों में हरकत कर रहा है। अरब, यहूदी, मुगल, पठान, ईरानी जाने किस-किसकी धड़कन हिन्दुओं की इस जादुई काया को जानदार बनाए हुए है! हमारी बिरादरी क्या कोई छुईमुई का पौधा है जो छू देने से सिकुड़ जाएगा?

एक साधू के नाते, मुझे यह सवाल जरा भी परेशान नहीं करता है कि बाबा जन्म से मुसलमान होने पर भी क्यों हिन्दू साधू बनकर हमारे बीच अपने को पुजवाता रहा? हम सदियों से मुस्लिम फकीरों और ईसाई सन्तों को अपनी श्रद्धा-भक्ति देते आए हैं, उनके हाथों का प्रसाद ग्रहण करके हमने अपने को धन्य माना है। हमारा समाज इतना क्षुद्र कभी नहीं होगा कि इस सिलसिले को खत्म कर दे।

मेरे लिए परेशानी की बात यह है कि दो साल बाद जब बाबा जेल से बाहर निकलेगा तो फिर कहीं किसी नदी के कछार में या कि वीरान जंगली इलाके में अपनी लम्बी जटाएँ फैलाकर बैठेगा और भगौती-लालता जैसे चालबाज आदमी इस घुटे हुए औघड़ को फिर से मिल जाएँगे! फरेबियों की मिली भगत का चस्का लग गया है बाबा को···जालिमों और ठगों की जमात फिर से इस रँगे सियार को अपना महन्त नहीं बना लेगी?

हमारे समाज के अन्दर ठौर-ठौर पर कूड़ों के अम्बार इकट्ठे हैं··· इस तरह के छँटे हुए बाबा लोग वहीं अपना आसन जमाते हैं और रातों-रात नये-नये मठ खड़े हो जाते हैं! फिर वहाँ ढाका-काठमांडू होकर गुप-चुप कीमती माल पहुँचने लगते हैं···छोकरियाँ आती हैं, छैले आते हैं, उनके साथ टेपरिकार्डिंग मशीन होती है, ट्रॉन्समिटर होता है!

हमारा समाज किस तरह लपकता है इन जटाधारी बाबा लोगों की तरफ!

मैं देखूँगा, जेल से छूटने के बाद यह बाबा किधर जाकर बैठता है!

मैं देखूँगा, किस तरह फिर से अपनी जटाओं के अन्दर जूँ पालता है!

मैं देखूँगा, किस तरह पाकिस्तानी और चीनी जासूस इस जटाधारी

के रंगीन चोंगे की आड़ में पनाह पाते हैं !

वह आ पहुँचा अशर्फी !

आते ही उसने सुकुल को 'पाँयलगी' की है। सुकुल ने सुर्ती फाँककर उसे आशीर्वाद दिया है।

अशर्फी के हाथ में झाड़ू है। जमीन में अलग से हाथ लगाकर वह मुझे प्रणाम कर रहा है।

पाखाने वाला गमला लाकर वह सेल के अन्दर कोने में रख देता है। पूछता है—"मस्तराम बाबा, आपको जाड़ा नहीं लगता है ?"

मैं उसके इस प्रश्न पर मुस्करा देता हूँ। वह सेल के बाहर खड़ा होकर अपनी सहज मुस्कान के साथ मेरी तरफ देख रहा है।

सुकुल सेल का फाटक लगाकर ताले की छेद में चाबी फिराता है···

मैं सेल के अन्दर उसी तरह बैठा हूँ।

अभी थोड़ी देर तक बैठा रहूँगा···

शाम का खाना मैंने इन दिनों छोड़ दिया है···

सामने उतरी आ रही है शाम !

बाबा

बड़ा जमादार कई दिनों से दिखाई नहीं पड़ा···

न दिखाई पड़े !

पहले दिन में पाँच-सात बार देखने आता था। अपनी पतोहू के बारे में बतला जाता था।

अब किसी दूसरे बाबा को पकड़ेगा। इस बाबा से नहीं पूछेगा।

यह बाबा बड़े जमादार की तबीयत से उतर गया है न ? हाँ, इंसान का यही तो रवैया है। जिस पर नफरत हो, उसे दिल से नीचे उतार दो···

मुझे अब इन लोगों ने दिल से नीचे उतार दिया है !

और तो और, मस्तराम कितना बदल गया ! उसने भी मुझे छोड़ दिया !

अन्दर-ही-अन्दर पछता रहा होगा मस्तराम ?

खीझ रहा होगा ?

गालियाँ दे रहा होगा ?

अजी, मस्तराम धुत्त रहता होगा नशे में।

साले को भंग तो मिल ही जाती होगी।

भंग का नशा भी कोई नशा है।

साली···

साली सरकार। तुझसे किसने कहा था कि बाबा को सेल से हटाकर नेता वार्ड के काटेज में जगह दे और आठ-दस रोज बाद वापस फिर इसी सेल में ला पटक।

जेलर ने चार-पाँच रोज पहले बतला दिया था, "अब आपसे किसी

को मिलने नहीं दिया जाएगा। हाँ, वकील आके मिला करेगा। मामले की पेशियाँ चलने लगेंगी तो कचहरी में अलग से आप लोगों के चेहरे देख सकेंगे…"

भगौती-लालता के चेहरे भी अब मुझे वहीं आम चेहरों में दिखाई देंगे ?

अब अगर मैं ही किसी का चेहरा न देखना चाहूँ ?

क्या कोई ऐसी मजबूरी है ?

कचहरी में जज और मुन्सिफ के सामने कटघरे में खड़ा होना पड़ेगा ?

न चाहूँ तो भी ! घसीटकर ले जाएँगे ?

अच्छा तो फिर घसीटकर ही पुलिस वाले मुझे कचहरी में पेश कर सकेंगे।

मगर अब तो मैं यों ही बीमार हो जाऊँगा…ऐसा रद्दी खाना पिछले बीस वर्षों से कहाँ खाया। दूध-दही के बगैर यह काठी किस तरह साबित रहेगी ?

ये लोग कहीं मुझे हवालात में ही न गला मारें।

किस तरह टिका रहेगा यहाँ चोला।

एक गिलास मट्ठा भी नहीं देंगे ? रोज थोड़ी पतली छाछ ही मिल जाए। मैं अर्जी दूँगा सुपरिण्टेण्डेण्ट के नाम। वह मेरे लिए एक गिलास छाछ का आर्डर देगा, फिर जेल वाले इन्कार नहीं कर सकेंगे।

सुपरिण्टेण्डेण्ट ईसाई है। वह इतना तो कर ही देगा।

पुराना डाक्टर है, कभी फौज में था। एंग्लो-इंडियन होने से, उसके अन्दर मेरे लिए नफरत का उफान नहीं उठेगा। कभी नहीं। छाछ क्या, वह मेरे लिए दूध या दही का भी आर्डर दे सकता है।

कचहरी में, जज के सामने अब अपनी तरफ से मैं कोई बयान नहीं दूँगा। कोई सफाई नहीं दूँगा…

अच्छा है, उस साधू को इकतरफा डिग्री मिल जाएगी। दो साल, चार साल, छै साल; चाहे जितना रहना पड़े, रह लूँगा जेल में।

उसके बाद, रिहा होने पर क्या करूँगा ?

नेपाल की ओर निकल जाऊँगा···

अरे नहीं, भगौती-लालता जैसे भगतों की कमी नहीं है हिन्दुस्तान में। वे मुझे घेर-घारकर इधर ही नहीं रख लेंगे ? लम्बी जटाएँ अपना करिश्मा फिर से नहीं दिखलाएँगी ?

यह क्या मेरी जटाओं का ही जादू नहीं था कि भगौती ने अपनी चारों लड़कियों की शादी में लाखों रुपये खर्च किए ? लालता ने अपने बेटों को डाक्टर और इंजीनियर कैसे बनाया ? सेठ बिर्धीचन्द की तोंद तिगुनी किस तरह हुई ? ठाकुर शिवपूजन सिंह ने ट्रैक्टर कहाँ सें खरीदा ? रामजनम और सुखदेव की क्या हैसियत थी दस वर्ष पहले ?

जटाओं में ऐसा चमत्कार भरा होता है, मुझे इस बात का पता नहीं था। अब चाहे जितना इलजाम लगाओ। मैं तो अन्दर-ही-अन्दर हमेशा यही मानता रहूँगा कि नीली छतरी वाला सबका भला करे।

अपना भला नहीं चाहते हो ?

कौन बुद्धू नहीं चाहेगा अपना भला ?

भगौती ने तुमसे मिलने की कोशिश की थी ?

की होगी कोशिश। कौन अब उसे मुझसे मिलने देगा और, क्या होगा मिलकर ?

हाँ भाई, जितना दुहना था, दुह तो लिया। हिन्दू जाति सचमुच गाय होती है। बार-बार दुहते जाओ, बूँद-बूँद निचोड़ लो। फिर भी लात नहीं मारेगी, सींग नहीं चलाएगी।

अपनी भोली-भाली जनता को दुहने के लिए भगौती ने हमसे बछड़े का काम लिया···

क्या बुरा किया ?

लेकिन, मोटे-पतले थनों से दूध चूँघ-चूँघकर तुम भी साँड़ हो रहे थे ?

खयालों के रेले आते हैं और बीच-बीच में मुझे हँसी छूटती रहती है।

अकेले में अपने आप हँसने-मुस्कराने का यह गुर मैंने नेपाल के ऊपरी पहाड़ों में छोकरियों से सीखा था।

लछमी उधर की ही थी, लेकिन उसमें यह गुर कहाँ था ? वह बहुत

कम हँसती थी ।

बेचारी आखिर तक मेरा साथ देती···

भगौती और लालता की साजिश में पड़कर ही लछमी के दुधमुँहे बच्चे की क़ुर्बानी के लिए उस बार मैंने अपनी रजामंदी जाहिर की थी। इन शैतानों के सिर पर नरबलि की सनक सवार हुई तो मैं क्या करता ?

दुष्ट लालता ने ताने दिए, फब्तियाँ कसीं···

भगतों की मण्डली में लालता कई दिनों तक फुसफुसाता फिरा — "लछमी अवधूतिन का बच्चा बाबा के तन से पैदा हुआ था, इसीलिए बाबा उसकी बलि के लिए तैयार नहीं हो रहे हैं। जनम का रोगी बच्चा आज नहीं तो कल यों ही मुँह बा देगा । दुर्गा मैया के चरणों पर अर्पित होगा तो उसके परलोक सुधरेंगे और मठ की शोहरत कई गुनी बढ़ जाएगी । लगे हाथ इससे बाबा की सिद्धई का इम्तहान हो जाएगा···"

मेरा अहंकार उबलने लगा

उस दुष्ट की ओछी नीयत के मुताबिक, इस इम्तहान में मुझे पास होना पड़ा ?

बेचारी लछमी बच्चे के बिना पागल हो गई । अनाप-शनाप बकती फिरी। अन्त में उसका भी दम घोंट दिया इन शैतानों ने ।

पता नहीं सिद्धई का वैसा चुतियापा कब किसी दूसरे औघड़ पर हावी हुआ होगा ?

वह बच्चा जिन्दा होता तो आज उसकी उम्र नौ-दस साल की होती···

पीछे, वर्षों तक सुनता रहा कि उस नरबलि के बाद मठ की आमदनी खूब बढ़ गई थी ।

मठ की आमदनी कैसे-कैसे और कब-कब बढ़ी है, इसका लेखा-जोखा भगौती, लालता, ठाकुर और सेठ बिर्धीचन्द को अच्छी तरह मालूम है। मस्तराम कहा करता : "साधुओं की विष्ठा दुनियादारों के लिए चन्दन होती है ।"

गौरी ने कई बार मुझसे कहा : "हम कहीं और जगह अपना अड्डा

बनाएँ चलकर ।"

मैं गौरी की यह बात सुनकर देर तक मुस्कराता रहता था। एक बार मेरे मुँह से निकला—"सुन गौरी, बारह वर्ष तो पूरे गुजार लूँ जमनिया में ?"

और, इसी फागुन में तो बारहवाँ साल पूरा होने वाला था। गौरी ने पिछली गर्मियों में मुझे खत लिखा था : "महाराज जी, दो महीने के लिए इधर आ जाओ आप। बड़ा आनन्द रहेगा। इस वर्ष आपके बारह वर्ष जमनिया में पूरे होंगे, याद है अपनी बात ? आपका हुक्म हो तो उत्तराखण्ड में आपके लिए कोई जगह अभी से ले ली जाए।"

मुझे क्या पता था कि इतनी जल्दी जमनिया से पिण्ड छूटेगा !··· सजा का फैसला होने पर गौरी को खत डलवा दूँगा। महीने में एक आध पोस्टकार्ड तो कैदी को जरूर लिखने देते होंगे···नहीं ?

लेकिन, उत्तराखण्ड के नाम पर मेरे दिमाग में बस नेपाल-ही-नेपाल आता है। मेरी आधी उम्र नेपाल के पहाड़ों में गुजरी है न ?

हवालात में आने के बाद, जमनिया से जो भी सामान मँगवाए थे, वे मैंने जेल वालों के हवाले कर दिए हैं। बड़े जमादार ने कहलवा भेजा था कल—"पीतल का कमण्डल और कम्बल वाली आसनी चाहें तो अपने पास रख सकते हैं।"

नहीं, मैं कुछ नहीं रखूँगा अपने पास···

"बाबा, खाना नहीं खाओगे ?"

"डाल जाओ !"

"यह रोटी और यह दाल आपके लायक नहीं है बाबा ! आप बड़े साहब से आर्डर दिलवा दो तो अलग से चपातियाँ और सब्जी-चटनी आपके लिए ले आया करूँ···"

"अभी यही चलने दो !"

लोहे के तसले में रोटी-दाल-सब्जी डालकर कैदी रसोइया वापस चला गया है।

तसला उठाकर मैं एक तरफ रखता हूँ।

थोड़ी देर बाद खा लूँगा।

"इन्कलाब···जिन्दाबाद !"

"जिन्दाबाद···जिन्दाबाद !"

हड़ताली मजदूरों के तीन लीडर अभी छूटने वाले हैं। दो रह जाएँगे। पिछले सप्ताह दो बैचों में सभी मजदूर रिहा हुए थे। लीडर रह गए थे।

सबेरे-सबेरे मेहतर आता है, वही मुझे इस तरह की खबरें दे जाता है। उसकी तो अब भी मेरे लिए वही हमदर्दी है जो पहले दिन थी।

आज खाना खाकर मैं देर तक सोना चाहता हूँ···रात नींद अच्छी नहीं आई।

"सो गया है···"

"हाँ, गाढ़ी नींद में है बाबा !"

सिपाही रामसुभग सुकुल हथेली पर सुर्ती मसलता हुआ धूप में खड़ा है। बाबा की तरफ एकटक देख रहा है। मन-ही-मन कई बार दुहरा चुका है—"सो गया है, हाँ, नींद आ गई है बाबा को ?"

दुबला हो गया है तो बेचारा···

नाटा कद है, गँठीला ढाँचा है। इसी से दुबलापन ढँका रहेगा··· लेकिन साँवलापन गाढ़ा लग रहा है।···कमजोर भी तो हो गया है, बाबा ! मामूली रोटी-दाल पर कैसे चलेगा इस बेचारे का ?

बड़े साहब बाबा के लिए कुछ-न-कुछ जरूर करेंगे ! लेकिन, इसकी तरफ से बड़े साहब को कौन कहने जाएगा ? मैं तो अधिक-से-अधिक बड़े जमादार या छोटे बाबू से ही कह सकता हूँ। ऊपर तक मेरी पहुँच थोड़े है ?

बाबा, तुम सचमुच मुसलमान माँ-बाप की औलाद हो ? जनम के हिन्दू नहीं हो क्या ?

लेकिन; बीस-पचीस वर्षों से सधुअई करते-करते अब तक तो तुम्हें पवित्र हो जाना चाहिए था। नहीं, अभी कुछ करार है···

जिस तीली से दाँत खोदते हो, उसी तीली को कानों के अन्दर क्यों डालते हो बाबा ?

खैर, मुझसे तुम्हारी यह तकलीफ देखी नहीं जाती…

मैं कल कोठी पर जाकर कहूँगा…बड़े साहब तुम्हारे लिए अच्छी खुराक का आर्डर दे देंगे।

सुकुल सुर्ती फांककर आगे बढ़ गया है…

●●●